U0074118

向田理髮店

奧田英朗 著
王華懋 譯

目次

向田理髮店

1

「向田理髮店」，這家傳統理髮店位在北海道中部苫澤町，從戰後不久的昭和二十五年營業至今。老闆向田康彥今年五十三歲，是一名平凡的理容師，二十八歲從父親手中接下店面後，長達四分之一世紀的時間，夫妻倆共同經營這家店。

向田康彥之所以接手店面，是因為父親罹患椎間盤突出，再也無法勝任工作了。當時康彥已從札幌的大學畢業，進入札幌的廣告公司任職，過著忙碌的每一天；但目睹老家的危機，加上身為長男的責任感，他決心返鄉。康彥進入理容學校，從頭學習技術，繼承了家業。三年前，父親在以八十歲高齡辭世；七十九歲的老母身體健康，現在仍會到店裡幫忙招呼客人。

苫澤從前是個繁榮的煤礦鎮。自明治初期發現煤礦層後，開發了許多煤田，大批移工自全日本各地蜂擁而入。昭和三十年代亦興建起相關工廠，使得苫澤成為擁有八萬人口、日本屈指可數的煤礦鎮之一。

然而，進入四〇年代以後，能源政策從煤炭轉換為石油，加上不敵海外進口的廉價煤炭，小鎮開始沒落。

康彥的少年時代，都在這衰敗時期中度過。煤礦陸續廢坑，同學接二連三轉學，國中小學亦不斷地併校或裁撤。小鎮為了挽救頹勢，投入觀光產業，舉辦電影節、興建渡假村等等，卻全數落空，大批浮濫的蚊子館只留下了累累負債。康彥大學畢業的那年，苫澤町破產了。此後人口不斷外流，只剩無人上門的圖書館及音樂廳空虛地散落在遼闊的自然景觀之中。

以前鎮上有超過十家的理髮店，現在也只剩下兩家。客人大半都是鎮上的老人。

因為毫無將來可言，康彥打算在自己這一代結束這家店。雖是家業，但也只不過是間沒落煤礦鎮的理髮店，沒什麼值得好驕傲的。二十五歲的長女美奈去東京念了服飾專門學校，就這樣進入東京的服飾公司任職。二十三歲的長男和昌從札幌的私立大學畢業後，在當地的中堅貿易公司工作。康彥不想要孩子們回來這個人口外流、牛比人還多的小鎮，沒有半點吸引年輕人的地方。孩子有孩子的人生，雖然他對自己和妻子的老後感到不安，但這也是沒法子的事。

然而，兒子和昌卻說要回來苫澤。

「我想要設法挽救故鄉。要是就這樣連一個年輕人都沒了，苫澤會變成怎樣？會變成一個全是老頭子老太婆的聚落，然後消滅。這樣下去實在不行，我決定繼承向田理髮店。」

今年過年返鄉時，和昌沒頭沒腦地對家人做了如此宣言。

「我也跟青年團的瀨川談過了。他不是繼承了家裡的加油站嗎？瀨川說，『我本來也夢想去大都市闖蕩，可是一想到如果這裡連半間加油站都沒了，町民會有多不方便，就覺得自己有義務守住瀨川石油這塊招牌』。我真的很佩服他。」

兒子本來就饒舌，這天更是滔滔雄辯。

「那你要辭掉現在的工作嗎？好不容易念到大學畢業，進了貿易公司，不覺得可惜嗎？」

聽到康彥的問題，和昌斬釘截鐵地說：「我對公司毫不留戀。」

「可是你才剛進去一年，不會太快了嗎？」

「是啦，好不容易業務都上手了，卻說要辭職，對公司也有點過意不去。可是，這樣說或許有些不中聽，不過，少了一個上班族，能代替的人多的是，但是苫澤的理髮店，卻是無可取代的。如果我不接，就只剩下野田池的蔦木髮廊了。那邊的兒子也去了札幌，不打算繼承，這樣下去，苫澤會連半家理髮店都不剩，町民們會很不方便的。」

聽著和昌熱切述說，康彥有股說不上來的怪異感。仔細想想，兒子不是從國中就說他絕對不繼承理髮店嗎？兒子一直想要去東京的電視台工作，上了高中以後，總算變得實際一點，不管是大學還是工作，都選擇了北海道的札幌，離家的願望應該沒變才對。

究竟兒子是經歷了怎樣的心境變化？難不成是突然萌生了鄉土之愛？

老母舉雙手支持和昌這番宣言，還眼眶泛淚，朝著孫子合掌膜拜：「這下你爺爺在天之靈也會感到欣慰，太好了、太好了。」

妻子恭子雖然擔心兒子的將來，嘴上說著：「這樣一家鄉下理髮店，也沒什麼好繼承的啊。」但內心似乎是開心的。比起夫妻倆加上婆婆三個人的生活，有年輕的兒子在家，日子過起來當然有勁多了。此後，恭子的心情一直很好。在廚房裡忙的時候還會哼歌。

至於康彥，他實在無法壓抑複雜的心情。在人口不斷外流的小鎮，理髮店不可能有什麼前景。這裡也不是沒有年輕人，只是他們每個月去札幌購物的時候，順便會剪髮燙髮。

康彥指出這一點，和昌莫名自信十足地回答說：「這我當然知道」。

「簡而言之，如果只照著傳統理髮店模式去做，才會看不到未來。好歹我也是在札幌歷練過的。我不打算只是開一家理髮店。在我的計畫裡，要擴增店面，在同一個空間附設咖啡廳。喏，隔壁倉庫完全沒在用不是嗎？只要再加上那裡的面積，就可以再擴充個六坪，我要在那裡附設咖啡廳，打造成町民休憩的場所，招攬新客人。」

康彥有許多想反駁的話，但當下沒有說出來，只是勸兒子「總之再看看吧」。再說，錢要從哪裡來？向田家可沒有餘力供給。

結果不到一個月，和昌也沒跟父母商量，就辭掉了工作，回到老家來。他說要先在苫澤打工一年存學費，然後再去札幌讀兩年理容學校，在二十六歲成為理容師。
兒子的決定，直教康彥困惑不已。坦白說，他希望自己的兒子能更有出息點。
和昌開始在鎮上的木工所打工。不過他毫無木工技術，也不會操作機器，所以多半都是開卡車送木材和家具。原本就說定只做一年多，感覺對方也是看在同鄉的情面上雇用和昌。
老母說：「既然是孫子要念的，理容學校的錢，奶奶可以幫忙出。」但和昌毅然回絕，鼻孔張得老大說：「我已經不是小孩子了，學費我會自己想辦法。要是拿奶奶的年金去學藝，身為男人就太可恥了。」
老母感動得熱淚盈眶，但就康彥來看，他覺得出賣勞力的打工沒什麼益處，就算接受祖母的好意也未嘗不可。

和昌每天早上六點起床，帶著恭子做的便當，朝氣十足地出門去。二月的苫澤町，氣溫動輒降至冰點十度以下，連鼻水都會結冰。但和昌明朗地說：「春天一下子就到了」，從來不曾叫苦。不過，康彥覺得他的明朗總有些逞強的味道。

「這樣不是很好嗎？兒子要繼承你的店，阿康你還奢求什麼？」兒時玩伴谷口修一瞪大了眼睛怪道。

谷口是一家小電氣工程公司的老闆，和康彥兩人從小學就是一起廝混的哥兒們。

「哪像我兒子，去了札幌就像人丟掉了一樣。要是在哪家正經公司上班也就罷了，卻是在居酒屋給人家做店長。說什麼以後要自己開店，天曉得他真有這能耐嗎？與其搞那些五四三，倒不如回家好好學電工，往後也有個一技之長。和昌很了不起啊。」

兩人在老地方大黑小酒吧喝酒。鎮上的餐飲店只有幾家，一年之中，康彥大概有一百個晚上會來這裡坐。媽媽桑自稱六十多歲，據說以前在礦坑幫人家打掃煮飯，一個人經營這家店。

「可是，阿修你想想，在苦澤繼承理髮廳是要做什麼？他還在那裡做大頭夢，說什麼要招攬新客人，可是年輕人都往外地跑，哪裡來的新客人？再說，這裡根本就沒人，這豈不是就像是對著野山空喊：『來喔！歡迎光臨！歡迎光臨！』」康彥如此反駁說。

這件事兩人已經不曉得討論過多少遍了。

「你啊，可千萬不能這樣跟你兒子說。年輕人要挑戰新事物，咱們做父母就得支持，才是道理。」

「支持什麼？擴建店面，一半開咖啡廳，這種鳥計畫，就連當地信用金庫也不會借錢給他。就算弄到錢好了，萬一咖啡廳做不起來，那筆債誰來還？總不能叫和昌一個人揹，到頭來還不是我要收爛攤？」

「唔，悲觀點看，會是這樣呢。」谷口嚼著魷魚絲說。

「在這種沒人的鬼城，誰樂觀得起來？」康彥加重語氣反駁說。

「可是你兒子回來了，這不是很好嗎？」媽媽桑在吧台裡插口道。

「年輕人肯留在鎮上，我都非常贊成。要是就這樣只剩下老年人，這個町遲早要消失囉。」

「對媽媽桑來說，當然是想要年輕人進來囉。我也是一樣。可是啊，那要是自己的兒子，就另當別論了。媽媽桑，要是妳有兒子，妳會想要他留在這鎮上嗎？」

聽到康彥的問題，媽媽桑語塞了一下，聳聳肩說：「是啊，換做是自己的孩子，那就得想想了。」

「就是說嘛。挺複雜的。想想自己的老後，有孩子待在身邊，當然再安心不過了。但是再想想孩子的將來，可就沒法單純地只是高興了。因為苫澤沒有未來啊。這是明擺著的事實。」

「這樣一口咬定也不對吧？東京那邊也有派人來設法挽救苫澤

啊。」谷口不服氣地頂回來。

谷口說的來自東京的官員，是前來擔任町長輔佐的總務省官員，年約三十五，一看就是個熱血青年，為了復興苫澤町而不惜餘力。他積極與當地居民交流，也擔任青年團顧問。

「所以說，就是這東京來的官員害得某些人萌生了不切實際的期待吧？」

「這我是不曉得，不過他人很隨和，很好相處。雖然是東大畢業的菁英分子，卻一點架子都沒有，跟著町民一起為這個町想方設法。」

「對對對，佐佐木先生對吧？他也光顧過咱們這兒，是個好人。」媽媽桑附和說。

「可是只待個兩年多就要回東京的人在那裡高唱理想也……」

康彥對那個叫佐佐木的官員沒有好感。佐佐木那徹底積極的態度，反而令他覺得虛偽。加上兒子和昌整個人被佐佐木感化了，這也教康彥為之氣結。

「阿康就是愛操心。你應該活得更樂觀一點。」谷口說，拍了拍他的肩膀。

「這裡的町民就是太樂觀，才會害得苦澤破產。你們才應該反省一下吧！」康彥大聲辯駁。

店裡只有他們兩個客人。苦澤大部分的餐飲店一週只營業三天。坐到打烊，老闆還會開車送你回家。因為如果不服務到這個份上，就沒有人要上門喝酒了。

2

和昌從木工所下班後，會先回家吃飯，然後幾乎每晚出門。好像是青年團在固定的小酒吧聚會。據康彥剛好也在場的朋友說，留在鎮上的年輕人，每晚都在熱烈討論「這樣下去不成」、「得想想法子拯救苫澤」。

町長輔佐佐佐木也頻繁參加這個聚會，有時氣氛就像讀書會。同樣一批人，每天晚上哪有那麼多話好聊？會這麼想，是因為康彥已經是中年阿伯了，年輕人就是想要廝混在一塊兒吧。康彥自己年輕的時候，也每晚跟朋友一起開車在荒蕪一物的山路上亂跑啊。

這天晚上，和昌下班後一樣像參加快吃大賽似地扒完晚飯，拿起手機打了幾通電話，再次披上羽絨外套。

「別喝多囉。」恭子叮嚀了一句。

「今天我負責開車，不會喝啦。」

和昌坐上自己買的破小轎車，意氣風發地出門去了。

「連酒也不喝，純聊天？又不是女人。」康彥受不了地說，恭子卻表示理解：「就是這樣才好玩啊。」

「妳倒悠哉了。妳認真想過和昌的未來嗎？」

「當然想過。他說要附設咖啡廳，不過錢沒著落，暫時是不可能實現的；但是和昌要當理容師繼承家裡，這不是什麼壞事，而且也算是學得一技之長啊。就算以後向田理髮店開不下去了，還是可以去札幌的連鎖店工作，我覺得沒那麼糟。」恭子邊啃豬排邊說。

重聽的老母已經吃完飯，回自己房間看電視了。

「身上揹債很辛苦的。給人家請，有辦法還清嗎？」

「所以說，咖啡廳的事，和昌現在正在興頭上，跟他說什麼都沒用，就算真的要開，也得先等他理容學校畢業，那也是三年以後的事。到時候他應該會認清現實，變得冷靜一些吧？」

恭子說得言之成理，康彥一下子消了氣：

「怎麼，我還以為妳也跟他一起沖昏頭了。」

「怎麼可能？苫澤人口愈來愈少，居然要開新店，實在太冒險了。

可是年輕人興沖沖地在想法子，咱們做長輩的卻只會澆冷水，也說不過去吧？」

「妳怎麼跟阿修說一樣的話？我也很想支持他啊。可是妳想想，留在苫澤，將來討得到老婆嗎？我就擔心這點。」

「放心啦，一定會有像我這樣的怪人的。」

恭子啜飲味噌湯，看著別處說。康彥語塞了。

康彥還在札幌當上班族時，對女友恭子說他想回去苫澤繼承家業。結果當時在當粉領族、土生土長札幌人的恭子二話不說便答應：「好，我也跟你去。」兩人就是這樣決定結婚的。

恭子沒上過理容學校，但透過函授課程學了會計，為將來當理髮店老闆娘做準備。康彥問她：「搬到苫澤那麼偏僻的地方生活，妳可以嗎？」恭子輕笑說：「人生就是緣份啊。」此後不曾有過任何怨言。

「可是啊，青年團裡全是些臭男人。年輕女孩高中一畢業就全跑光了。她們沒有守祖墳的義務，自由得很。像美奈也去了東京。妳這樣的怪人，沒那麼容易找。」

「現在就在擔心也沒用吧？和昌才二十三，沒問題的啦。」

苫澤有一堆三十多歲了還孤家寡人的男人。這也是康彥擔心的問題之一。

「孩子的爸，你要知道，世上有一堆自營業老闆正為了後繼無人在煩惱。你可別身在福中不知福。」

恭子說完起身，拿著吃完的碗盤往廚房去了。

「或許是吧……」

康彥嘆氣，慢吞吞地嚼著飯。屋外沒有半點聲響。店鋪兼住家就座落在算是主要街道的大馬路旁，卻連一輛行車也沒有。家中聽得到的，就只有重聽的老母房間傳來的電視聲。

向田理髮店早上七點營業，打開紅白藍相間的旋轉招牌。這麼早開店，是因為偶爾會有客人想要在上班前理髮。不過，這樣的客人難得一見，康彥大多都在裡頭吃早飯。在小鎮做生意，就得懂得彈性經營。

上午九點，康彥換上立領白襯衫和黑色背心，來到店裡。不過，平日沒什麼客人上門。有時候一整天連個客人也不見，但即使這樣，還是不能離開店面。

服務業就只能等客人上門。而且理髮店沒有大特價、新品上架等活動，無法主動出擊，實在教人難熬。

收入雖然足供一家溫飽，但沒法過得奢侈。這十年來，營收年年下降，康彥靠著隨手關燈等節能技巧，設法減少開支。和昌的夢想實在太天真了。咖啡廳冷冷清清，店裡只有父子倆，等著不知何時才會上門的客人——這景象光是想像，就教人鬱悶到家。

康彥坐在沙發讀著體育報，門鈴「叮」地響起，客人走了進來。康彥說著「歡迎光臨」，就要起身，但看到對方的臉，停下了動作。是町公所的町長輔佐，佐佐木。雖然見過，但不曾說上話。他是來理髮的嗎？還是有別的事？

「不好意思，可以幫我理個頭嗎？」

佐佐木穿著厚厚的羽絨衣，全身裹得就像米其林先生。外頭很冷，他的臉都凍僵了。

「當然可以……，你是從町公所走來的？」

「是的。這陣子天氣太冷，都沒出門，想說順便運動一下。不過，這裡的氣候果然冷呢。」佐佐木雙手搓著臉頰說。

「先去暖爐邊烘一烘吧。」康彥起身拿了把椅子擺到不倒翁狀的鐵製暖爐前。「時間沒問題嗎？」

「沒問題。本來預定要開的會取消了，突然閒下來，然後又想起，向田他家是理髮廳，而自己又兩個月沒理頭了，所以過來看看──」佐佐木露出潔白的牙齒說。

「這樣啊。我們有加入公會，理髮含理容是三千七百圓，可以嗎？」

「當然。」

「你都是去札幌理頭髮嗎？想要什麼髮型都可以說。」

「幫我修掉變長的部分，其他都可以。」

佐佐木個性陽光，應該就是這種親民的態度受到青年團的歡迎。康彥請他坐到理髮椅上，著手理髮。

「這家店地點很不錯呢。可以從町公所和警察局走過來。」佐佐木說。

「是啊。所以公務員都會上我們這兒。不過，住在運動中心和町民住宅區的人會去另一家。」

「原來如此，井水不犯河水是吧。」

「鎮上就這麼兩家理髮廳，搶生意也沒用。彼此不搶客人，算是咱們之間的默契，或者說禮節……」

「這樣啊。苫澤光看面積，差不多有東京的世田谷區加上杉並區那麼大呢。各司其職比較好。不過幾乎所有的町民，不管是理髮還是購物，少了車子就寸步難行呢。」

「真的。只有老人家的家庭，要是沒法開車了，還真教人不曉得該怎麼辦才好。」

「不會想要大夥聚在同一處生活嗎？」佐佐木提出奇怪的想法。

康彥不禁停手，注視鏡中的臉問：

「什麼意思？」

「苫澤最大的弱點，就是居民住得太分散。所以行政服務效率很差，基礎公共設施也無法全面普及。比方說，住在飛鳥地區的十幾戶，住戶每一位都超過六十五歲了。如果他們可以一起搬到町營住宅，通往飛鳥的道路冬季就不必除雪了。這對町公所的預算節省幫助很大。」

「呃，可是飛鳥那邊的人都住在祖先代代傳下來的土地，也有人還在務農，不是那麼容易說搬就搬的。」

「我想也是。可是我聽說他們後繼無人，既然如此，搬到離醫院和超市比較近的町營住宅，往後也比較安心不是嗎？」

「意思是叫他們拋棄自己的土地搬走？」

「唔，就是這樣。」

佐佐木說得乾脆，令康彥有些光火。康彥對土地或祖墓沒什麼執著，但聽人說得如此輕鬆，還是忍不住要生氣。

「簡而言之，就是縮小町的規模。與其在大屋子裡各自待在自己的房間，聚在同一個房間，也比較節省暖氣，就是這個道理。」

「這樣說也是沒錯啦……」

對方是客人，所以康彥不反駁。不過要是這麼說，乾脆全苫澤的人都搬到札幌近郊去，豈不更省事？

「佐佐木先生是哪裡人？」

「長野。我的老家也在鄉下，所以自認為滿瞭解這類地方衰退的問題。」

「這樣啊。」

「住鄉下的人年紀大了，最好搬到集合住宅。這樣孩子也比較安心。」

「是啊。」

佐佐木很健談。雖是町長輔佐，卻完全沒有架子，也不會瞧不起這人口流失的小地方，似乎是認真地在為苫澤的將來思考。他本來就是官員，應該具有強烈的使命感。帶著妻子和幼兒前來上任，也為他的形象加分不少。

恭子從裡頭出來，對著鏡子打招呼，然後用掃把集中掉落地面的頭髮。見她似乎沒發現，康彥提點說：

「喂，這位是町長輔佐佐佐木先生。妳也聽和昌聽過吧？」

「咦？原來是佐佐木先生，我兒子承蒙關照了。」

恭子惶恐地說，走到旁邊行禮。

「和昌說他想要回來苫澤，開創一番新氣象，我對他很期待。只要有更多像和昌這樣為故鄉的未來著想的年輕人，苫澤一定可以改變的。」佐佐木對恭子說。

「我也這麼說，可是外子就只會唱衰，說什麼在這種小鎮繼承理髮店，不僅沒有前途，也會討不到老婆。」

「喂，不要全部賴到別人頭上。妳自己也不是完全贊成吧？」

「總比孩子的爸要樂觀。我是支持兒子的。」恭子仰起下巴回嘴說。

「妳啊，少在客人面前跟我抬槓。」

「哪裡，不用顧慮我。」佐佐木苦笑說。「做父母的會擔心也不奇怪。加油站的瀨川好像也是，新事業遭到父母反對。」

「瀨川石油的兒子也要開什麼店嗎？」

「他計畫在加油站附設書店，而且是漫畫專門店，說想要打造成文化傳播基地。」

「是喔？」

康彥同情起瀨川來。哪裡的年輕人都一樣，因為年輕，就只知道聚在一塊兒痴人說夢、瞎起鬨。

「那，佐佐木先生覺得會順利嗎？」

「這我也不好說，但總比坐以待斃要來得好吧？前途大好的年輕人，卻凡事悲觀不肯認真去做，這樣的人生還有什麼意思？」

「就是說啊。我也覺得就算跌倒個一兩次也無妨——」恭子遇上知己似地贊同說。

「要是我們家的經濟夠寬裕就好了。假設開咖啡廳要五百萬圓，萬一失敗，留下的就只有一屁股債。就算是父子，我可不想揹這爛攤子。」康彥忘了理髮，爭論起來。

「資金的話，利用補助款制度，就可以減輕不少負擔。有個特別制度，提供人口過疏地區居民無擔保、無利息的創業基金，最多三百萬圓，苫澤町也在適用地區內。」佐佐木說。

「這我聽和昌說過，但錢又不是平白送給你，一樣是債務啊。」康彥堅持反駁，這時，佐佐木從蓋住上半身的圍裙伸出左手看了看錶。

「啊，抱歉，光顧著說話，你還在上班呢。」

康彥急忙動剪，進入收尾階段。恭子在旁邊準備理容工具。

佐佐木態度一變，平靜地說：

「町公所也在摸索各種方法，像是從東京請來知名空間規劃師，尋求建議，或是設立基金，投資前景可期的事業……。總之，町公所的方針是要全力做好後援。所以我們希望町民能拿出幹勁來。」

「看吧，孩子的爸。」

「囉唆，妳不要多嘴。」

康彥心想，青年團會為佐佐木傾倒也是難怪。過去也有霞關*1派來的官員，但每一個都只關心財政重建問題，不願與町民交流。和昌他們等於是頭一次受到眷顧。

「這樣可以嗎？」理完頭髮，康彥對鏡中的佐佐木問。

「嗯，可以。」回答很簡潔。

從他的表情，看不出是否滿意。

*注1：霞關位在東京都千代田南區，是日本中央機關雲集之地，由此衍生出中央政府或官僚組織的代名詞之意。

3

理髮店的公休日，康彥因為掛記著瀨川兒子的事，決定去加油順便打聽打聽。煤礦興盛的時代，瀨川石油開了三家加油站，事業火紅；但廢坑之後，生意也頓時變得慘淡，現在只剩下一家店面，而且主要業務是配送煤油，連深山僻野的人家照樣得送，所以每到冬季，一天到晚都在鏟雪。

「瀨川，生意怎麼樣？」加完油後，康彥到辦公室打招呼。瀨川的兒子出門送油了。

「阿康，你這是在酸人嗎？自從前年畑山地區的零件工廠關門以後，營收就一落千丈。哪天我要上吊，你可得幫我一把啊。」瀨川愁眉苦臉，擺出上吊的動作鬧著說。

他也是康彥的兒時玩伴之一。

「對了，町長輔佐的佐佐木先生會來這裡加油嗎？」

「哦，會啊。他自己開公務車，加油也用自助的。」

「上次那個佐佐木先生來我店裡剪頭髮，說陽一郎想要改建店面，附設書店？」

聽到康彥的問題，瀨川語塞了一下，嗤之以鼻說：「不會偏要充能幹，這種最教人頭疼。」

「那你是反對囉？」

「廢話。這小鎮連圖書館都開不下去，書店是要怎麼活？苫澤的人從以前就不讀書，卻妄想把咱們的店弄成什麼文化基地，簡直是頭殼壞去。」

苫澤留下的蚊子館裡頭，有一棟豪華到與這個小鎮完全不匹配的圖書館，但因為幾乎沒人會去，運作不下去，五年前便關掉了。

「那，陽一郎怎麼說？」

「他說只要做成漫畫專門店，就會有客人上門，可是你說說，這個鎮上全是些老頭，漫畫是能吸引到什麼人？再說這裡根本就沒人。像今天，除了阿康你之外，上門加油的客人就只有一個，其他的全是叫煤油。咱們這兒已經變成煤油外送店了，就只有這條路好走了。」

聽到瀨川斬釘截鐵的語氣，康彥覺得放心許多。

「所以，你不會答應囉？」

「嗯，唔……」沒想到瀨川的語氣這時沉了下來。「我是跟老婆說，如果他願意接手這家加油站，怎麼說，若什麼都不許他，好像也有點說不過去……」

瀨川接著又說：「他願意留在這人口外流的小鎮，對父母來說是一件好事，就算最後失敗，三百萬左右的話，就當做替他付一次學費……」

「什麼嘛，這麼大方喔？」

「因為我老婆說她最大的心願就是兒子在這裡娶妻生子，跟孫子一起生活……」

「陽一郎有女朋友囉？」

「現在是沒有，可是喏，聽說町公所計畫要每年舉辦兩次『町聯誼活動』，或許可以期待……」

「是喔……」康彥嘆氣。

他還以為瀨川會更強硬地反對，期待落空了。

「幹嘛，和昌回來故鄉，你不開心嗎？」瀨川啜飲茶水說。

窗外開始飄起小雪。

「站在父親的立場，心情實在很複雜。畢竟兒子十八歲離家的時候，我已經下定決心，要讓他在外頭寬廣的世界自由闖蕩。」

「是啊，和昌都念到大學了嘛。他以前成績就很好。哪像我們家陽一郎那蠢蛋，唯一的優點就是四肢發達……」

「沒那回事，陽一郎很能幹啊。」

康彥客套地說，不過其實有段時期，他對成績優秀的兒子頗為自豪。所以他才會希望和昌在大都市拚出一番成績。

「可是啊，阿康你以前也在札幌做得有聲有色，卻因為你爸生病回來了，對吧？這證明鄉下生活也不是那麼一無是處嘛。」

「唔，也是啦……」

「你決定要回來的時候，我跟阿修不曉得有多高興，心想又可以混在一起了——。陽一郎會這麼起勁，也是因為和昌的關係啦。」

「別太抬舉他了。他一定是在札幌不順利，才會跑回家來。」

不小心脫口而出了。這是他一直悶在心裡頭的想法。

「喂，阿修，就算他是你兒子，也不可以說這種話。」瀨川一臉嚴肅地規勸。

「……嗯，是啊。我知道了。」

康彥應著，一股苦澀的情緒從喉嚨深處湧了上來。在札幌不順利的，是三十年前的自己。大學畢業後，他進入中堅廣告代理商，滿懷熱忱地工作。然而調到他期望的製作部門後，他才認清自己完全沒有創意發想的能力這個事實——

「對了，你今天店休的話，要不要來我家摸一圈？反正阿修一定也很閒，三缺一，再一個隨便找都有。」

「加油站沒關係嗎？」

「陽一郎馬上就送貨回來了，叫他看店就行了。」

「哈哈，真是託兒子的福。」

「對啊，所以阿康你也是，等到和昌拿到理容師執照，就準備退休享福，清閒過日子吧。」

「也是有這招呢。」

「是啊。」

兩人哈哈對笑。不知不覺間，雪勢大了起來。這麼一來，苫澤便會化身鬼城，路上看不到半個行人，甚至沒有車子。明明是平日白天，整個小鎮卻籠罩在寂靜之中。

這天晚上颳起暴風雪，和昌也出不了門，晚飯後關在自己的房間，對著書桌不知道在忙些什麼。

「和昌在房間做什麼？」康彥問，恭子回道：「說是在寫要給佐佐木先生看的咖啡廳企劃案。」

「未免太心急了吧？現在還在打工存錢，之後要去札幌念兩年理容學校，開咖啡廳是再以後的事吧？連理容師資格都沒有，就在那裡一頭熱。再說，等到那時候，佐佐木先生都已經回去霞關了吧？真是的，這樣煽動鄉下年輕人，他倒神氣了。」康彥心裡頭總有一股煩躁，忍不住挖苦說。

「又說那種話了。總務省的官員本來就會四處調動，不可能永遠待在苫澤，可是只要佐佐木先生播下種子，下一個人灌溉，再下一個人施肥，就可以大夥合力栽種出成果啊。」

「妳怎麼突然這麼替那個官僚講話？」

「人家這麼熱心，是個好人啊。之前東京來的官員，不是自己一個人來，就是讓老婆孩子住在札幌，一到週末就去團聚。可是佐佐木先生卻是帶著老婆孩子過來上任，可見得他有多重視咱們這兒。」恭子規勸地說著。

「女人家就是這麼單純。那是因為他知道兩年後就可以回東京，才會全家一起來。而且他的孩子才四歲吧？要是小學生，才不會把孩子帶來沒有知名私立小學跟補習班的苫澤。只是作作樣子啦。」

「真是的，這麼憤世嫉俗。這下很清楚了，和昌絕對不是遺傳到你。」恭子目瞪口呆地說。

康彥忽然想趁這個機會問明白：

「喂，雖然現在問這個問題好像有點晚，妳有沒有聽說和昌是為什麼辭掉公司的？」

「不是因為從早到晚只能聽上司的命令工作，讓他覺得空虛嗎？他不是也跟你說過？」

「那傢伙在公司表現怎麼樣？受到肯定嗎？」

「我哪知道啊？」

「做不到一年就辭職，是不是有什麼問題？」

「問題？你說公司還是和昌？」

「這……」康彥哽住了。

「應該也不是哪一邊不對，工作就跟結婚一樣，雖然是喜歡才在一起的，但實際一起生活，才發現問題重重，這是常有的事，和昌應該也是這樣吧？」恭子對著電視不耐煩地說。

「那他怎麼不在札幌找別的工作？」

「我哪知道？應該是覺得上班族不適合他吧。」

「現在回想，和昌去年中元連假回來的時候，整個人憔悴得不像話。我在猜，會不會是工作上沒辦法勝任？」

「孩子的爸，你到底想說什麼？」

「沒有啦，我只是想說如果真是這樣，他就算當理容師，可能也沒辦法長久……」

「你就淨會挑毛病，不能更寬容一點嗎？」

恭子像是要結束對話似地起身，丟下一句「我去洗澡」便走掉了。客廳只剩下康彥一個人。電視播著他不感興趣的戲劇，不過就算轉台，節目應該也大同小異，但關掉電視，也只會陷入一片靜默，所以他漫不經心地盯著畫面。

對於兒子決定返鄉繼承理髮店的理由，坦白說，想知道和不想知道的心情各占了一半，他實在提不起勁直接問個清楚。

難不成兒子走上了跟自己一樣的路？這麼一想，胸口便疼痛起來。

康彥從國中的時候就夢想要前往大都市，絲毫不想繼承家裡。他熱愛英美流行樂和洋片，存下零用錢買唱片、去町裡的電影院。他幻想即使沒辦法成為音樂家或電影導演，最起碼也可以從事文化相關行業。

他考上札幌的私立大學，求職的時候還跑到東京參加唱片公司和出版社的筆試。大公司門檻太高，全數落榜，但他應徵上札幌的廣告代理商，因此，一畢業便風光成為媒體人，展翅飛向社會。

起初廣告人的頭銜令他得意萬分，每次返鄉，總是擺出一副圈內人派頭，但實際上他只是個業務，成天在外頭跑客戶。

進公司後第三年，他終於如願調到製作部門。康彥鼓足了勁製作廣告和活動企畫案，但短短三個月，他便認識到自己缺乏無中生有的創造力這個事實。企劃會議上，他根本提不出半個像話的點子。嘔心瀝血想出來的企劃案，每一個都似曾相識，上司很快就把他貼上「沒用的部下」標籤，冷漠相待。客戶也一樣，甚至在企劃會議上當眾批評「向田先生的提案總是這麼乏善可陳」，這件事到現在依然是他擺脫不了的心理創傷。

結果他短短一年就換了職位，這回調到管理部門。康彥在那裡負責處理員工的福利事務，接觸的全是公家機關。他拉不下臉對苫澤的老朋友坦承，返鄉的時候依舊表現得宛如創意工作人士。谷口和瀨川到現在應該都還這麼相信著。

康彥被擊垮了。過去雖然也曾在考試和求職中被刷下來，但都只是書面筆試上的事，但這次他在實務上被烙下了沒用的烙印。當時他的心境，就好似同學們都在操場上歡樂地參加運動會，自己卻只能一個人從校舍窗戶看著。

康彥沒有將自己的處境告訴從大學便開始交往的恭子。他不想對女友示弱，也有身為男人的自尊心。他覺得如果不裝裝樣子，自己會更加淒慘。

就在如此陰鬱的日子裡，他接到消息，說父親得了椎間盤突出，無法繼續從事必須站著工作的理容師職業。康彥考慮了三天，決心返鄉。當時他二十六歲。如今回想，不過是初出茅廬的年紀，但當時他認定自己是個失敗者，父親的病，剛好成了讓他逃離現狀的藉口。

他告訴上司想要辭職繼承家業，上司便忽然換了一副和藹的嘴臉，假惺惺地鼓勵說：「這樣啊，太遺憾了，不過這也是沒法子的事。」沒有歡送會。同事問：「要辦嗎？」他說：「不必麻煩了。」結果還真的就沒辦了。

最後一天上班，他心想連一聲招呼都沒有打似乎不太好，便在公司內向同事們做簡單的道別。上司說：「大家一起祝福向田一帆風順。」眾人鼓掌。結束之後，他一個人步出辦公室，走進下樓的電梯。這時，已經沒有任何一個人記得康彥了——

雖然都已經是四分之一個世紀以前的往事了，但當時的記憶卻頑固地盤踞在他的心頭，動輒像地震一樣撼動他的心，令他消沉沮喪。

他對現狀並沒有不滿。他對理容師這份職業引以為傲，對自己的技術也有信心，然而，心底深處就是甩不掉可能擁有另一種人生的念頭，不時飽受折磨。五十三歲的中年阿伯就是這樣。

暴風雪愈發肆虐，敲打遮雨窗板的聲音響徹整個屋內。煤礦早就沒了，有時候連他自己都不明白，大夥何必硬要賴在這種窮鄉僻野過日子？

4

進入三月沒多久，便接到國中恩師過世的訃聞。這名國文老師是苫澤人，上課的時候經常吟詠詩歌給學生聽，為人風趣。享壽八十五，也算是享盡天年了。

老師因為很受學生歡迎，葬禮上有大批學生前來弔唁。康彥也參加了。再說，老師也是他的忠實客戶。

葬禮借用町民活動中心盛大舉行。也有人從札幌、仙台，甚至是東京趕來，會場儼然同學會。

「你的頭髮幾乎快禿光了嘛，都認不出是誰了。」

「囉唆，你才是，肥成這樣，以前的紅顏美少年到哪去了？」

大夥就跟從前一樣，彼此毫不客氣地互虧，開心地敘舊。

康彥很久沒參加同學會了，與離開苫澤的老同學更是久違不見。他之所以不參加同學會，是因為不想看到在都市為職涯衝刺的老同學。對於鄉下理容師的自己來說，他們的活躍實在太耀眼，教人自慚形穢。

他在前來弔唁的人群中發現老同學篠田。篠田從早稻田大學畢業以後，便進入東京的知名廣告代理商工作，是同學裡面最有成就的一個。看到他來參加，康彥相當吃驚。他是特地搭飛機回來的嗎？

葬禮後，他在門口叫住篠田：

「嗨，篠田，好久不見了，還記得我嗎？」

「你是康彥吧？我怎麼可能忘記你？咱們以前不是經常互借唱片嗎？」篠田露出一口白牙笑道。

他直呼康彥的名字，兩人的距離一口氣拉近了。

「可是，你居然特地從東京趕回來啊。向公司請假嗎？」

「嗯，是啦。」

「看你，整個人變得這麼有派頭，應該升上不錯的職位了吧？方便的話，給我張名片吧。」

被康彥這麼一說，篠田的表情瞬間暗了下來。

「呃……其實我已經不在電通*2了。」

*注2：電通是日本最大的廣告代理商。

「咦？你換工作了？」

「不是，調去旗下公司了，所以不像以前那麼忙。我很喜歡西澤老師，所以想來送他一程——」

「這樣啊……」康彥不曉得該怎麼接話。調去別的地方，表示被降調了嗎？他無法判斷。

「苫澤果然是個好地方。我爸媽跟兄弟都搬去札幌附近了，所以大概二十年沒回來這裡了。這裡跟以前一樣，完全沒變，真教人開心。坦白說，我會來參加葬禮，也是為了想看看苫澤。」篠田仰望天空，伸了個懶腰說。

「那是你的鄉愁，住在這兒的我們，只覺得冷清得受不了。我兒子說要繼承理髮店，但身為父母，心情實在很複雜。」

「這樣啊，你兒子要繼承，那不是很好嗎？我已經離開苫澤了，所以也不好說大話，不過，希望町裡的年輕人好好加油呢。」

「少在那裡胡說了，這裡從三十年前開始，人口就只減不增。你怎麼不帶自己的家人搬回來？」

康彥玩笑地刺探說，沒想到篠田垂目苦笑，低聲說：「這樣或許也不錯」。

「孩子都大了，跟老婆兩個人悠哉過日子或許也不錯。欸，康彥，這裡有沒有什麼工作？像是町公所的約聘人員什麼的。薪水不高也無所謂，反正在這裡生活應該也花不了什麼錢。町營住宅有很多空房對吧？我在過來這裡的途中，也去鎮上看了一下，有很漂亮的集合住宅呢。住那裡不錯。然後我想租塊田，種點菜。就算是我，應該也種得出馬鈴薯吧。晴耕雨讀，簡單生活，真不錯呢。這才是真正的人生。結果到頭來，還是鄉下生活好。像英國，聽說許多退休人士都搬到鄉間去。到了這把年紀，我真是羨慕你。人就應該生活在自然的環境裡。」

康彥默默地聽著，但篠田輕鬆的說法教他忍不住想反駁個一兩句：

「喂，篠田，你沒那個意思要回來，就不要講那種話。」

「怎麼會呢？我是頗認真在考慮的。」

「少來了，你在東京有很不錯的房子吧？走個幾步路就有超市跟超商，還有時髦的餐館跟精品店，在那種環境住了三十年以上的人，怎麼可能回來這什麼都沒有的苫澤？」

康彥動氣回嘴，讓篠田有點嚇到了：

「呃，就是，那些我已經充分享受過了，覺得已經夠了……」

「那醫院怎麼辦？苫澤連急救醫院都沒有。醫院可沒有夠了這回事。」

「你幹嘛這樣找碴啊？」

「這不是找碴，我是在告訴你現實。你說什麼要跟老婆兩人悠哉過日子，未免想得太簡單了。你已經忘記冬季鏟雪有多辛苦了嗎？忘記沒星沒月的夜晚有多漆黑了嗎？」

「喂，康彥，你在認真個什麼勁？我只是隨便說說而已。」

「鄉下可不是拿來給你隨便說說的。你聽著，苫澤前途無亮，如果說你真的明白，那就搬回來。」

「嘖，你憑什麼對我說教啊？」篠田不愉快地噘起嘴巴。

「我不曉得你在東京遇到什麼事，不過，故鄉可不是你的避風港。」

康彥順勢脫口而出，但話一出口便後悔了。不出所料，篠田臉色大變，額冒青筋。

「喂，我的確是調離總公司了，你猜的沒錯，是有去無回。不過，我可不是個因為在職場上遭遇挫敗，就夾著尾巴逃回故鄉的男人。別小看我了。想得太容易的是你。你做過什麼緊張到胃痛的工作嗎？你有過壓力大到晚上睡不著覺的經驗嗎？沒有競爭對手的理髮師真令人羨慕呢，想必每晚都睡得很香甜吧。」

這回換康彥火冒三丈起來：

「你說什麼？你瞧不起理髮師嗎？」

演變成這樣，根本是小孩子拌嘴了。一旁的谷口等人察覺，趕忙插進來制止：

「你們兩個，今天是老師的告別式，吵什麼吵？」

「都是康彥找碴！」篠田說。

「是篠田瞧不起鄉下！」康彥說。

眾人拉開兩人，分別帶去會場不同的角落。

康彥對谷口訴說錯在篠田。「好啦，好啦。」谷口一臉為難地安撫著。

儘管嘴上滔滔不絕地分辯，康彥卻也陷入自我厭惡。不管怎麼想，都是自己太幼稚。篠田只是出於客套說說「鄉下真好」罷了，然而，康彥卻以扭曲的觀點看待、挑人語病。

自己大概是自卑，覺得這輩子就這麼埋沒在鄉下了。所以才會猜疑起兒子返鄉的決心背後是否另有隱情。

篠田氣呼呼地回去了。康彥覺得他八成再也不會踏上苫澤的土地。

當春意差不多也將造訪苫澤時，町長輔佐佐木從東京請來活動規劃師，舉辦地方振興演講會。青年團與商工會成員聚集在蚊子館之一的町民活動中心，聆聽演講，接下來是討論時間。

和昌等人卯足了勁，從半個月前就開始擬定企劃書，好將他們的計畫呈交專家過目，聽取建議。

康彥等長輩組沒什麼興趣，但佐佐木說務必希望他們參加，所以就勉為其難出席了。他猜想來的八成是個裝模作樣、油腔滑調的牛皮大王，沒想到還真的是。光是那副紅色的塑膠框眼鏡，就教人看不順眼。

「各位要知道，大家的財產，就是這片廣大的自然。這是再多錢都買不到的。東京沒有半塊草原，就連學校操場都是紅土球場，小孩子甚至連泥巴都沒得玩。常言道，人總是要等到別人指出，才會發現自己的長處，地方鄉鎮也是如此。苦澤町的人不瞭解苦澤的價值在哪裡。」

在講台上比手畫腳演說的男子口若懸河，一副習於演講的態度。應該是巡迴人口流失的鄉鎮，到處說一樣的話吧。有時還會開開玩笑，逗樂聽眾，儼然演說專家。

和昌等人一邊專注地聆聽，一邊做筆記。簡而言之，這位所謂規劃師的主張，就是只要轉換發想，人口流失地區的不便與辛苦，也能成為振興地方的靈感。

「冬季被大雪封閉，那不是很好嗎？就把閒置的町營住宅便宜出租給作家和藝術家當工作室嘛。光是透過媒體宣傳這樣的計畫，就可以讓全國人民知道苦澤的名字。即使不能帶來實績，還是可以上新聞。換算成廣告效果，相當於數億圓的廣告費用。如果要向全國發送苦澤的新聞，就必須先有所行動才行。」

康彥最近反省了一下自己的偏狹，所以努力想要去接納這番說法，但還是沒辦法。這種內容，他二十年前早就聽過了。只要舉辦電影節，就會帶來人潮；興建煤炭博物館，就會有觀光客上門——這些全都落空了。失敗的證據，以殘骸的形式散布在這座小鎮各處。

康彥實在是無法不去懷疑，中央政府接連派遣官員來到這個人口外流的小鎮，吹捧這塊土地有多麼美好、具有多大的潛力，安慰居民、令居民萌生一時的美夢，其實是不是為了掩飾偏鄉與都市之間的落差？就像江戶時代的士族階級，討好農民說他們的身分比商人更要高貴，以便向農民收取年貢。

定調演說結束後，進入討論階段，展開熱烈的意見交流。和昌也舉手發言：

「我的夢想是等咖啡廳的經營上了軌道之後，要開設社區ＦＭ廣播電台，但最大的問題還是器材等經費，以及如何獲利。在苫澤的話，幾乎無法指望廣告收入，工作人員暫時也必須採取義工方式，假如有了FM電台，除了社區的宣導功能外，還能在發生災害時提供資訊，有許多好處，因此，不曉得町公所能夠提供多大的協助？可以針對這一點粗略說明一下嗎？」

康彥回想起家長參觀教學日。兒子從以前就是個踴躍發言的孩子，康彥感到懷念，同時卻也嘆息：真是一點都沒變。再說，兒子總是三分鐘熱度。

主持人佐佐木回答和昌的問題，又引發了熱烈的討論，會議熱鬧滾滾地進行著。

閒閒沒事過來看看的老人家，也對青年團的熱情感到欣慰得瞇眼微笑。對他們來說，年輕人留在這個町，就是他們最大的幸福吧。

「那麼，我們也想聽聽父母輩的意見，有沒有人想要發言？」

佐佐木環顧會場，眼神與康彥對個正著。

「向田先生，您聽到這裡，有什麼感想？」

突然被指名，康彥瞬間愣了一下。身為大人，應該要避免冷場才對。沒必要給幹勁十足的年輕人澆冷水。

不過，他還是想要說句話。這三十年來，他們也不是就這麼袖手旁觀。振興地方的事業他們也嘗試過許多次，但町民仍舊不斷減少，財政也愈來愈窘迫。

「我想請教佐佐木先生，過去在破產的人口外流地區，有振興成功的例子嗎？」

康彥站起來提問。眾人的視線集中過來。

「地方振興成功的例子相當多。像是動物園大受歡迎的旭山市，還有當地商工會創立足球隊，晉升到日本職業足球乙級聯賽的某些市。不過，像苫澤這種破產的町，很遺憾地，尚未有成功的例子。」佐佐木坦白地說。

「你真的認為咖啡廳、廣播電台可以讓這個小鎮活過來嗎？」

「行不行我不知道。如果期待能夠恢復煤礦業興盛當時的活力，這是不可能的。因為町的基礎產業早已整個消失了。不過，若問能否變得比現在更有活力，我相信是可以的。」

即使康彥提出不客氣的問題，佐佐木的表情依然平靜。

「那我問你，你們會想要住在這個町嗎？」

「唔，這個問題很難回答呢。而且我的故鄉在長野。」佐佐木苦笑。

「我是說，就一般情形來看。你們說人口外流的小鎮具備潛力，大肆吹捧，那你自問會想住在這種地方嗎？還是不想？」

「孩子的爸。」

旁邊的恭子輕聲喊道，拉扯他的襯衫。康彥不理會，繼續說下去：

「我是不想在大家興頭上說這種話，但我們這一輩，已經見識到太多現實了。投入稅金，成立什麼第三部門，招攬工廠，推動各種事業，可是全都失敗了。花了那麼多錢都沒法成功，我實在不認為光靠年輕人的熱情就能夠如何。說這種話，一定會惹來町民責罵，不過，這苫澤就是艘快滅頂的船。既然都快滅頂了，身為父母，當然希望孩子快點逃難。」

「喂，向田先生，你說得太過火了。」

「這話有點太過分了吧？」

其他參加者紛紛抗議。

「抱歉。大家會生氣是當然的，但這是事實，沒辦法。我的意思是，東京人往後根本也不想搭上這條船，卻慫恿當地年輕人，要他們留在船上，這豈不是太不負責任了嗎？」

康彥的音量變大了。他愈說愈激動了。

「那麼，你有什麼指教呢？」佐佐木冷靜地問。

「我沒有腹案。雖然沒有，但我沒辦法全面贊成你們的地方振興活動。或許，我們可以想像成臨終照護。是要延續生命，還是要聽天由命？我認為聽天由命也是一種選項。」

劍拔弩張的氣氛籠罩全場。前排有幾個年輕人回頭不悅地瞪他。

「呃，對於向田先生的發言，有任何意見嗎？」佐佐木問。

「是不是滅頂的船，不試試看怎麼會知道？」

這時，和昌低吼似地說道。由於會場一片寂靜，聲音傳遍全場。

「連試都不試，你怎麼知道要滅頂了？」

「早就試過了，而且是好幾次，結果還是不成。」康彥應道。

「或許爸你們試了沒成功，但我們還沒有試過啊。」

「雖然你們這麼說——」

「不管爸你們怎麼想，不要連我們嘗試的權利都剝奪好嗎？」

「就是啊就是啊，阿和的爸不要插嘴啦。我們喜歡苦澤，就算它真的是艘快滅頂的船，也不能就這麼眼睜睜地只是看著啊。對吧？」

「我們也明白現實很困難，但還是想做點什麼。我們不會給大人添麻煩，讓我們放手一搏也好吧？」

年輕人們爭相反駁，一陣沉默之後，谷口拍手鼓譟：「好喔，好喔，就是這樣，不要輸給老人家！」

恭子也在旁邊拍手。很快地，掌聲傳遍整個會場，康彥不得不閉上嘴巴。

「那麼，就是這樣囉？」佐佐木說，整個會場爆出笑聲。對他來說，這樣的發展是求之不得吧。

康彥重新坐下，深深地嘆了一口氣，不服輸地對恭子「哼」了一聲。

另一方面，他卻也感到放心。或許這樣就好了。自己出糗，來抬高和昌等年輕人的身價。自己說的只是講了也沒用的牢騷話。世上有太多只能藉由視若無睹來維持的和平。

鼓譟的谷口來到後排座位，拍了一下康彥的肩膀。康彥回頭，谷口默默不語地只是笑。

向田理髮店的日子，今天依舊如常。早上七點開門，靜待客人上門。上午會光顧的全是老人家，最多兩個。老母總是會從屋後來到店面陪客人閒聊。聊天氣、聊哪一家的女兒總算要出嫁了。康彥邊聽邊理髮。理髮含理容，公定價三千七百圓。因為不會有新客人，每個月的營收也不會有波動。

康彥打算就這樣再繼續過個二十年。至於之後店會怎麼樣，不關他的事。和昌說要繼承，但他現在依然不抱指望。

祭典之後

1

苫澤町迎來了夏祭的季節。每年七月最後一週，星期五的前夜祭加上週末六日共三天，在町公民館廣場舉行。從前都在八月的盂蘭盆節*3連假期間舉行，但苫澤位在北海道山區，那個時候已經被秋意籠罩，加上鎮上的年輕人都跑去外頭玩了，冷冷清清，因此，進入平成年代*4以後，便將時程提前，固定於現在的七月舉行。

這是個人口外流的沒落煤礦鎮，因此，夏祭盛大不到哪裡去，但還是有攤販林立，連續三晚進行盆踊*5大會，年輕人和在外的家人也會從札幌和本州等地返鄉，苫澤暫時得到了活力。對於住在鎮上的老人家來說，是比大雪封閉的新年更教人引頸翹望的節慶活動。

「這次祭典，你們家的美奈會從東京回來嗎？」

理髮的時候，常客馬場喜八問道。喜八是住在附近的八十二歲老人。

「明天會回來。週五或週一請假的話，就可以回來三天兩夜。」

康彥邊動剪邊回答。

「美奈也差不多該結婚了吧？」

「哪裡，她才二十五歲而已。現在的小孩，都得快三十了才會結婚。」

「不在這裡找對象嗎？」

「應該會在東京自己找吧？不會回來這裡啦。」

「是啊，就算留在苫澤，也沒有工作嘛。」喜八聲音沙啞地說著。

這位老人家一過八十，整個人便一下子衰老了，最近好像連說話都

＊注3：盂蘭盆是佛教活動，傳至日本後，演變為七月十三至十五日或八月十三至十五日舉辦供養祖靈之法會活動。

＊注4：自一九八九年開始至今。

＊注5：盆踊是日本於盂蘭盆節期間，祭典活動中所進行的舞蹈。

大聲不起來。雖然來理髮，但頭上也沒幾根毛，只是出於習慣、想找人說說話，而每個月固定上門一次。

「對了，武司會回來嗎？」康彥問。

武司是喜八的兒子，高中畢業後去了東京，在那裡成家立業。

「是啊，今天晚上就回來了。過年得去媳婦娘家，所以每年只回來苫澤一次。女兒圭子相反，只有過年的時候回來，夏天是去丈夫老家。所以往後咱們這一家子，再也沒有團聚的時候囉。」

「這樣啊。孫子會來嗎？」

「不會啦。兩個孫子都大了。大概已經三年沒見到了吧。媳婦也不會來，最近都只有武司一個人回來。」

喜八雖然笑著說，神情卻有些落寞。

苫澤有許多家庭只剩下老人。喜八家也是，只有他跟老伴，鎮日無事可做，靜悄悄地過日子。

理完頭髮後，喜八沒有立刻回去，跟康彥的老母富子聊了起來。聊著聊著，這回是喜八的妻子房江來了，說著「老頭子一直沒回家，我擔心過來看看」，卻也加入聊天圈子，結果就這麼一路坐到中午。向田理髮店是町民話家常的場所。

到了下午，兒時玩伴的加油站老闆瀨川出現了。他開著小型油罐車過來，應該是送油回家的路上。一看就知道不是來理髮，而是來打發時間的。

「今天真是熱死人啦。我聽廣播的天氣預報，說北海道比沖繩還要熱哩。」

他抓起搭在脖子上的毛巾，邊擦汗邊走了進來，大屁股「咚」一聲坐到沙發上，喝起自己帶的瓶裝茶。

「瀨川，夏祭準備得如何？你今年是執行委員吧？」

康彥決定陪他聊天，拉過高腳椅坐下。

「今年開始交給我兒子啦。警衛和交通指揮，全都交給陽一郎去弄。」

「青年團不是有青年團的工作嗎？他們說要在運動中心的草皮廣場設露營村，招攬本州來的機車兜風客，很起勁，不是嗎？我們家的和昌也都在忙那個。」

「苫澤的祭典，鬼才要來咧。每次都只會做大頭夢。」瀨川冷哼一聲，不屑地說。

當然，他其實應該也是期待能成功的。

青年團為了振興小鎮，想方設法推出各種企劃活動，卻從來沒有做出像樣的成果。

「啊，對了。今天馬場叔來理髮，說武司今晚會回來。明天晚上要不要來摸一圈？」康彥提議。

「不錯喔。每次都是同一副牌搭子，也有點膩了。看我從東京人身上贏點小錢花花！」瀨川開心地咧齒而笑。「對了，說到馬場叔，他還在開車嗎？」

「嗯，還在開啊。我看他都開車出去買東西。」

「我勸他最好別再開了吧。去年把煞車當成油門，從停車場衝進田裡。之前也在超市後面的單行道逆向行駛，跟我撞上。沒辦法，我只好倒車讓他。他是不是差不多也快不行啦？」

「是啊，我也覺得他最好別開車了……」

苫澤町有數不清的高齡駕駛人。由於形同沒有公共運輸單位，如果少了自用車，連出門採買都沒辦法。

「散步時，走路也歪歪斜斜的。他太太還跟我家老媽埋怨，說不想跟他走在一起呢。」

「沒辦法啊，都八十二了。咱們也是，想想自己的父母，實在無法置身事外啊。」

康彥和瀨川的父親都已經過世，只剩下母親。如果相反的話，一定會很棘手。

「佐藤他們家說要把父母送去山縣的安養院。」瀨川提起年紀相仿的朋友說。

「這樣喔？」

「好像是父母主動提的。因為連玄關前面的石階都爬不上去了。山縣的話，開車只要三十分鐘，一有事就可以馬上趕過去，應該不錯吧。」

「居然有空位。」

「他說其實從一年前就申請了。」

「是喔。」康彥半帶嘆息地回答。

苫澤地區的高齡化愈來愈嚴重，是整個町的煩惱源頭。看看其他人口外流地區，狀況也都半斤八兩。

瀨川聊了約三十分鐘後就回去了。康彥無所事事，坐在沙發上翻雜誌。裡面的房間隱約傳來電視聲。老母一個人在看電視。妻子恭子去參加民生委員[*6]的聚會。馬路上沒有行車。今天苫澤町依舊寂靜。

窗外一條人影倏地走近，門打了開來。是農協的理事長。

「明天祭典前我要在協會致詞，所以想來理個頭。」

是今天第二個客人。康彥急忙起身，熱情地招呼：「歡迎光臨！」

當晚一家人正在用晚飯，房江從廚房後門探頭進來：

「富子，剛才武司從東京回來，帶了佃煮[*7]，也分你們一些。」

「哎呀，謝謝。」

老母開心地接下。房江心情也很好。

＊注6：民生委員是日本依據《民生委員法》，各市町村所設的民間義工職位，主要從事社福相關工作。
＊注7：佃煮是日本傳統料理，以砂糖和醬油等將魚介類、海藻、菇類等食材熬煮成鹹甜口味，用來佐飯。

說。

「阿姨，替我跟武司說一聲，說約他明天打麻將。」康彥伸長脖子

「好，我跟他說。謝謝你陪我兒子玩。」

「哈哈，大家都是五十好幾的阿伯了耶，阿姨的時間停止了嗎？」

一家子立刻把佃煮挖到白飯上享用。

「真好吃，是這裡買不到的高級品。」恭子感動地說。

「東京是佃煮的發源地嘛，而且武司才不可能帶便宜貨回來。」康彥答道。

武司從東京的大學畢業後，進入一家中堅食品公司任職。房江對這個兒子驕傲的不得了，動不動就向人吹噓兒子在八王子蓋了新家、升遷當上了部長。即使只是一般上班族，光是在東京工作，對苫澤人來說，就有如明星般耀眼。

晚飯後康彥收拾店面，洗過澡，看起電視來。恭子因為明天女兒要

回家，在煮祭典料理的昆布和黑豆。

這時房江又來了。「啊、啊，恭子，拜託一下。」她對旁邊的恭子說。這回模樣不太對勁，臉色慘白，呼吸急促。康彥直覺出了什麼事，也過去應門。

「阿姨，怎麼了嗎？」

「我家老頭在浴室昏倒了。」

「馬場叔昏倒了？」

「嗯。我奇怪他今天怎麼泡澡泡那麼久，擔心地在外頭喊：孩子的爸？卻沒有回聲，所以開門一看，發現他坐在浴缸裡，神智不清——」

房江雙手在半空中揮舞著說，就像要抓住什麼。富子也從屋裡的房間出來，表情凝重，「齁、齁」叫著似地應和。

「阿姨，然後呢？」

「武司把他從浴缸裡抱出來，想要送他去醫院，可是太重了，武司一個人搬不動。」

「好，我立刻過去。」

看看壁鐘，時針指著晚上九點半。

這時剛好兒子和昌回來了。小轎車的引擎聲、關車門的「砰」聲之後，隨著一聲「我回來了」，玄關門打開了。

「和昌，你過來一下！」康彥大聲呼喚，和昌大步走來。

「馬場爺爺昏倒了，你快去幫忙。」

和昌看到眾人的臉色，瞬時察覺情況嚴重，點頭說：「好，我知道了。」

「你開車。爸喝酒了，所以你開車送媽、奶奶跟馬場奶奶去馬場家。」

「OK，瞭解。」和昌轉身就跑。

車子塞不下了，康彥一個人用跑的，全家出動趕往一百公尺外的馬場家。周圍田地裡的青蛙起鬨似地呱呱亂叫。

一進家門，便看見喜八躺在客廳沙發上，旁邊武司正在為他穿上睡衣。

「阿康，好久不見。不好意思夜裡這樣驚動你們。」武司抱歉地說。

「什麼話。倒是叔叔怎麼樣了？」

「不曉得。好像可以說話，可是身體動不了。」

康彥探頭一看，背脊一涼。上午還那麼有朝氣的喜八，現在卻四肢僵硬，意識模糊。

「叫救護車了嗎？」

「爸說不用，所以我想開車送他去醫院。」

「山田醫院呢？叫山田醫生過來。」

「我剛才打電話過去，他們說醫生不在。好像去札幌參加學會什麼的。」房江說。

「真是，怎麼這麼不湊巧！」康彥跺腳。

若要送去隔壁山縣市的醫院，車程要三十分鐘。即使叫救護車，一樣是從那裡派來，也得花上三十分鐘。

「阿康，我要扶我爸上車，你可以幫我嗎？我開車載他過去。」武司說。

「你知道路嗎？你已經幾十年沒在這裡開車了吧？」

「有媽帶路，應該沒問題。」

康彥和武司、和昌三個男人合力搬起喜八。雖然是個老人，但這時手腳繃得硬梆梆的，沒法用揹的。

三人將老人抬出家門，想要將他塞進後車座，但老人的身體這時依舊無法彎曲，讓眾人費盡辛苦。忙亂之中，居民靠攏上來。房江向街坊鄰居說明來龍去脈。

這時喜八突然打起鼾來，發出「齁……齁……」的粗重鼻息。康彥立刻就知道是腦溢血了。因為他的父親就是死於腦溢血。

「武司，還是叫救護車吧。咱們沒辦法處理。」

武司衝進家裡。人潮愈聚愈多，警察也來了。似乎有人慌亂中打了一一〇。

「向田先生，我可以用警車開道。」警察好心地說。

「已經叫救護車了。叫救護車比較好。」

「這一區有護士吧？」有人說。

「是鈴木女士。我去帶她來。」有人跑了開去。

喜八依舊意識模糊，在後車座以後仰僵直的姿勢躺著。沒有人知道該怎麼辦才好。

約十分鐘後，一名中年護士被帶了過來。「讓我看看。」她鑽進車子裡，檢查脈搏。

「馬場叔剛才大聲打鼾。」康彥說。

「那很不妙。」護士蹙眉回頭。

「我也這麼想。我爸腦溢血昏倒時也是打鼾。」

「總之，必須確保呼吸道通暢，先把他抬下車子。」

在護士指示下，三個男人又合力把人抬出車子。房江從家裡抱來毯子，鋪在地上讓老人躺下。

「馬場先生、馬場先生！」護士呼喚著。

「孩子的爸！」房江也跟著喊。「爸！」武司也喊。

喜八微弱地應了聲「喔喔」，眼睛卻是閉著的。

這時救護車的警笛聲傳來。「來了！」眾人七嘴八舌地說。武司迫不及待地衝到馬路，朝著紅色警示燈揮舞雙手。

救護車輾過碎石，駛入小巷。三名救護員下車，立刻將喜八抬上擔架，送入車內。救護員向武司詢問狀況，他說明經過。這段期間，救護車裡的人為喜八戴上氧氣罩，進行緊急處置。

聚攏的居民多半是老年人，每個人都難掩震驚的樣子。「喜八今早還在田裡工作呢。」「他在拔蔥，說要送給擺攤的青年團。」眾人竊竊私語。

「我們會把他送去山縣中央醫院。太太請一起上救護車，兒子請開車跟上來。」

救護員俐落地指示，房江上了車。武司坐上老舊的本田Civic，發動引擎。是喜八開了快二十年、這年頭難得一見的手排車。車子發出笨拙的敲缸聲，駛出院子。

「武司，要不要開我家的車？還是叫和昌開車？」康彥跑過去說。

「不用、不用，我開這台就好。」武司的嘴唇擠出微笑說。「各位，不好意思夜裡驚動大家了。謝謝大家為我爸擔心。」他從駕駛座向居民禮貌地行禮。

救護車鳴著警笛離去了。小小的Civic就像小鴨一樣跟在後頭。那景象教人有說不出來的不安，揪緊了康彥的胸口。對這裡的每一個人，這都是無法置身事外的事。

居民站著說了一會兒的話，遲遲不肯散去。田裡的青蛙呱噪不休。

2

隔天早上，康彥第一件事就是去馬場家看情況。「我也去。」老母也跟了上來。還不到早上七點，所以不能按門鈴，不過他想看看人回來了沒。

去到馬場家一看，車棚裡果真停著車子。康彥尋思了一會兒，不知該如何解讀，但想也是白想。喜八保住一命了嗎？還是回天乏術？

「我去問問房江。」老母說，走到玄關。

「不要啦，現在才幾點欸？」康彥拉扯老母的袖子阻止。

「老人家六點就起床了啦。」

「阿姨跟武司昨天都在醫院留到很晚，搞不好早上才回來呢。」

「說的也是……」老母被說服，打消了念頭。

這時窗簾一晃，窗內露出房江的臉。面向庭院的客廳窗戶打開來，房江抱歉地說：「富子，昨晚嚇到妳們了。」

「那不重要啦。喜八先生怎麼樣了？」

「說是蜘蛛網膜下腔出血，人活著，但還在昏迷。醫生說這三天是緊要關頭。」

「哎呀……」老母發出悲痛的聲音，作勢要進屋去，又被康彥阻止了。

「媽，一大清早的，不要打擾人家。阿姨一定沒怎麼睡。」

「沒關係、沒關係，反正也睡不著。」

房江請兩人進屋。康彥沒有進去，站在屋簷下。

房江說，喜八在救護車裡還有意識，但到院的時候，呼喚也沒有反應，檢查之後，醫生診斷是蜘蛛網膜下腔出血。現在人在加護病房，但情況危急。

這時，武司穿著睡衣從二樓下來了。

「阿康，昨天晚上真不好意思。」

「武司，你睡過了嗎？」

「實在是睡不著。」

「我想也是。」

「我今天會叫老婆孩子從八王子過來。昨天晚上也打電話給圭子了，她說會從仙台趕來。也許就這樣直接辦喪禮。」

圭子是武司的妹妹，當然康彥跟她也從小認識。

「這樣啊，真遺憾。」

「沒辦法，遲早的事。」

武司似乎已經認命，表現得很豁達。

「幸好事發當時我在。如果只有我媽一個人，連把爸從浴缸裡抱出來都沒辦法。」

「是啊。」

「我把它當做是最後一次盡孝啦。」

「這樣想才好。」

「畢竟我爸年紀也大了。」

「活到八十二歲也夠了。啊，對了，早飯我家捏個飯糰送過來吧。也許你們沒心情吃東西，不過還是得填一下肚子才行。」

「不用麻煩了，我會去站前超商買點什麼吃。」武司淡淡地微笑搖頭。

「都是鄰居，客氣什麼？」

聊著聊著，附近街坊又圍攏上來了。才早上七點，但大夥一定都擔心得不得了。

「喜八先生怎麼樣了？」

房江和武司又從頭開始說明。

康彥決定回家。也得準備開店了。

因為是祭典前天，向田理髮店的客人比平常更多。話題當然是喜八病倒的事。整個鎮上都知道了。老人家賴在店裡，對著康彥的老母說個沒完。

「喜八先生也差不多時辰到啦？他也痴呆得滿嚴重了嘛。之前連在簽名簿簽自己的名字都沒辦法，明明昨天才見到，卻說『好久不見』……」

「他也不喜歡出門嘛。不管是卡拉OK還是地面高爾夫球，今年幾乎都沒來參加。」

人一病倒，眾人似乎都早有預感，彼此報告觀察到的預兆。倒沒什麼悲愴感，認命的態度占了絕大多數。每年都有熟人過世。這是高齡化且人口嚴重外流地區無可避免的日常。

「得準備喪服才行吶。上了年紀，身高就會縮水，不改一下尺寸，穿起來會鬆垮垮的。」

「現在是夏天，外套就免了吧。我穿襯衫打領帶就好。」

已經在討論葬禮了。瀨川也趕了過來。

「希望能再撐上三天吶。辦祭典的時候還要守靈、辦告別式，實在是忙不過來。」

瀨川做出極不莊重的發言，但店裡的老人家也只是點頭附和「對啊、對啊」，令康彥只能苦笑。

到了下午，武司帶著點心禮盒上門了。

「我剛去過醫院了。因為在加護病房，只能探望三十分鐘。還有這個，謝謝你們昨晚的幫忙，不成敬意，大夥一起吃吧。」

「何必這麼客氣？咱們不是從小認識的朋友嗎？」

「多虧有你們幫忙。真正是遠親不如近鄰。」

「這麼見外……」

武司神情清爽地在沙發坐下。屋內的老母也出來了。

「我爸好像還有帕金森症，檢查之後發現很多毛病。好像還是救不回來。醫生說了很多，什麼動手術、插管的，可是我拜託說千萬不要急救。我媽好像也接受了。」

「這樣才好。躺在病床上拖日子也不是辦法。」康彥說。

「對啊，要是就這樣一病不起，房江也很辛苦。」老母也點頭說。

「希望能撐過祭典。」

「哈哈，剛才也有人說一樣的話。是瀨川啦。」

「我也不想給大家添麻煩。」

「就叫你別說那種話了。啊，對了。你老婆兒子跟圭子要回來的話，被子會不會不夠用？如果不嫌棄，可以拿我家的。要不然我們家佛間*8空著，睡我們家也行。」

「是啊，不管是圭子還是你孫子都行，到我家來睡吧。」老母也勸道。

「現在是夏天，我們在家裡隨便打地鋪就行了。」武司說。

「別客氣。晚點我叫和昌給你送被子過去。」

「真不好意思。」

也許是在東京住久了，武司的態度有些疏遠。仔細一瞧，他的頭髮裡面摻雜了白絲，頰肉也鬆弛下垂，和康彥一樣，已是個不折不扣的中年阿伯了。

＊注8：日本家中放置佛壇，供奉祖先牌位的房間。

晚上長女美奈從東京回來了。她在服飾企業上班，成天喊著「忙死了、忙死了」。康彥問她過得怎麼樣，她也只會不耐煩地說「好得很啦」，不肯詳細回答。

但聽到昨晚的事，美奈仍不禁面色蒼白：「馬場爺爺小時候常陪我玩耶。」

「我叫和昌送被子過去，妳也一起去慰問一下。」

「嗯，好。」

美奈乖乖聽從，用完晚飯後，姊弟倆一起出門了。

然後，人去了就沒回來了。康彥打手機過去，說是武司的孩子們也到了，眾人想起小時候暑假和過年一起玩耍的回憶，正懷念地話從前。

「馬場太太也是，有這麼多人陪她說話解憂，太好了。」恭子端來削好的梨子說。

「是啊。反正擔心也沒用，或許可以排遣一下心情。」康彥拿起一片梨子吃著說。

「馬場太太這一年來，照顧先生非常勞累，說不定內心也鬆了一口氣吧。」

「這樣嗎？」

「因為她就算參加婦女會的活動，都會擔心留在家裡的先生，不停地跑回家看呢。」

「這麼說來，他們也沒參加町內旅行。」

「是啊。先生已經沒體力了，太太就算想去，也只能忍耐。」

「這麼說來媽也是，爸死了以後，有種如釋重負的感覺呢。」康彥小聲說道。

老母在自己的房間看電視。

「過了八十歲，就會覺得已經在一起夠了吧。一定是的。媽在爸的葬禮上也沒有掉眼淚。」

「就是啊。」

「如果我先走一步，你要怎麼辦？」恭子咬了口梨子，臉對著電視機說。

「不要講這種話啦。」

「可別想投靠孩子啊。和昌往後也不一定會留在苫澤。」

「我知道。」

「那你要怎麼辦？」恭子追問不休。

康彥有點不高興，頂回去說：「我一個人也能過得很好。我自己會煮飯，也會煮味噌湯。」

「等到身體不靈活了怎麼辦？連車子也沒辦法開，無法自理日常生活的話，要怎麼辦？」

「到時候——」康彥語塞了。

「到時候？」

「不要抬槓嘛。」

「我覺得預先設想一下比較好。大家都不願意去想老了以後的事，就這樣糊里糊塗地拖到最後一刻。」恭子把臉從電視轉回來說。「應該先想好，像是到了七十五歲，萬一哪個先走了，留下的那個就進安養院之類的。」

「七十五還太早啦。大家都還活蹦亂跳的。」

「就是要趁著還活蹦亂跳的時候就整理好後事，準備上西天啊。」

「妳是怎麼了？突然說起這種話。」

「我只是想，馬場家只剩下太太一個人，往後是要怎麼辦？一想到這裡，就對咱們的將來不安起來了。」

「只剩下一個老人家的家庭，苫澤多到數不清啊。妳是民生委員，應該最清楚才對。咱們在這裡操心又有什麼用？」

「是這樣沒錯，可是我不想太樂觀，起碼也該有個心理準備。預先設想最糟糕的情況，到時候就不必慌了，不是嗎？」

「唔，是這樣沒錯啦……」康彥像是被駁倒般沉默了。

恭子說的確實沒錯，大夥內心儘管不安，卻活在自我欺騙當中。

美奈打電話來，說大夥要去參加前夜祭。既然能出門，表示武司的孩子們也不怎麼為祖父的病況傷心。

年輕人真好，康彥想。老後對他們只是遙不可及的未來。

寂靜無聲的夜晚小鎮，遠遠地傳來祭典音樂的聲響。

3

祭典開始後，喜八的病況仍沒有變化。人還是在加護病房，家人完全無能為力，一天三十分鐘的探病時間結束後，其餘就只能等。

理髮店在週末臨時公休，康彥邀武司參加祭典。

「關在家裡也不能怎樣啊。大家都知道情況，沒有人會說什麼的。聽說國中管樂隊要辦演奏會，還有化妝舞會什麼的，去看看也可以散散心啊。」

「那去逛逛好了。」武司微笑起身。

太太帶孩子去鄰町購物了。房江說一些親戚接到喜八住院的消息前來拜訪，要留在家裡陪客。

開車前往會場一看，人潮不少，頗為熱鬧。天公也很作美，藍天底下，男女老少齊聚一堂；青年團所構思的號召全國機車騎士前來兜風露營的計畫似乎失敗了，到場的只有寥寥數人，讓和昌這些年輕人懊惱極了。不過，許多年輕人都返鄉回來，感覺小鎮一下子重拾青春活力。

武司每走幾步，就被町民叫住，詢問喜八的病況。

「你馬上就得回去東京了，接下來的事就交給我們吧。我們會輪流送你媽去醫院。」

眾人自告奮勇，讓武司惶恐不已。
瀨川也跑了過來：
「武司，叔叔的事真的很遺憾。本來想說好久沒聚聚，來摸個一圈，不過應該不行吧。」
「打麻將有點……。而且也不曉得什麼時候病情會急轉直下，醫院忽然連絡家裡。」
「是啊。這麼說或許有些不中聽，不過，與其拖久了痛苦，早早解脫，也是幫家人一把。」
「這話只跟你們說，其實我也是這麼希望。我老婆跟大的孩子要上班，小的還在念書，不過也是打工請假回來的。待到明天是沒問題，可是，接下來就得先回去東京一趟再說了。」武司環顧周圍小聲說。「我猜我媽也害怕拖下去。」
「嗯，我懂。要是才六、七十歲的人，或許還會不捨，但八十好幾的人，任誰都會覺得也夠了。」

三人在攤販區的桌位坐下，吃著章魚燒繼續聊。

「那今天你也去過醫院了吧？」瀨川問。

「嗯，去過了。我媽一叫，我爸就會『喔、喔』地應聲，但我實在是難受到看不下去。孩子們看到爺爺那模樣也嚇到了，連五分鐘都待不下去。」

「什麼，有意識嗎？」

「有啊。那天晚上我本來已經做好心理準備，以為我爸就這樣昏迷下去，一兩天就走了，沒想到一個晚上過去，眼睛睜開了，手腳會動了，我們也嚇到了。醫生也換了說法，說有可能撐過來。不過，還是沒有下床的希望啦。」

「這樣啊……其實電器行的阿修他爸也是這樣，病倒之後，靠著點滴就撐了一年，一家子都很難熬。」

「一年？」武司瞪大了眼睛。

「對。真的滿能撐的。要是接上胃造瘻灌食，可以活上三年。」瀨川嚇唬似地說。

武司似乎大為震驚，失聲無語。

「而且就算變成植物人狀態，如果病情穩定，醫院就會要求轉院。阿修找醫院找得焦頭爛額。」

「真的假的？醫院不是可以一直住下去嗎？」

武司驚訝得手裡的章魚燒都差點掉了。

「不行吶。綜合醫院基本上只收需要治療的病患，所以必須轉院到可以養護到臨終的醫院才行。」

「這是真的嗎？」

武司求助地看向康彥，康彥只能嚴肅地點點頭。這個小鎮有許多高齡者，他看過太多這樣的例子了。

「那，如果這種狀態繼續下去，要怎麼辦？我在東京還有工作，我妹也是，雖然是約聘，不過她在仙台當行政人員。這我媽一個人是應付不了的。」

「民生委員會幫忙吧。我太太也是民生委員，業務包山包海。」康彥說。

實際上，恭子也曾為獨居老人尋找住院的地方。

「我實在是不想給恭子添麻煩。」武司說。

「規定鄰居必須迴避，所以應該會是其他委員負責。別把它想成什麼麻煩事，總有一天咱們也要靠大夥幫忙，所以是輪流。你應該這麼去想。」

「當地沒有大醫院，對老人家實在太不方便了。」武司仰天嘆氣。

「沒辦法，這小鎮只有沒落一途，光是有超市和超商就該偷笑了。」

「對了，有老人家搬離鎮上嗎？」

「當然有啦。不過，幾乎都還是在北海道，從來沒聽說讓孩子接到東京去的。」

「我媽應該沒辦法在東京生活吧。」

「什麼？武司，你想接你媽去住？」

「沒有。」武司輕輕搖頭。「以前買房子的時候，我請我爸媽去玩，他們就說沒辦法在那種地方生活。」

「大夥都這麼說。我也不想住在大都市。光是札幌就讓我頭昏眼花了。」瀨川搞笑地搖頭晃腦說。

「以前的人都怎麼辦呢？」

「長子繼承家裡並且照顧父母。」

「對喔，也是。」聽到瀨川的回答，武司苦笑。

「武司，你媽有想要怎麼過？」

「昨天她跟我還有我妹說，就算我爸死了，只剩下她，她也能一個人自理生活幾年，叫我們不必擔心。」

「那也只能這麼做了。」

「可是萬一生病怎麼辦？也有可能老人痴呆。萬一變成那樣，我實在是不曉得該怎麼辦才好。」

「橋到船頭自然直，現在煩惱也沒用啊。」

康彥應著，想起昨晚和妻子的對話。他也想不出能怎麼辦。之所以把將來的事拖著不管，完全是因為一想到就教人鬱悶。

「比起我媽，首先要處理的還是我爸吶。萬一這樣拖下去該怎麼辦……」

「是啊……那樣就得回來好幾趟，很多事都要花錢……」

「東京實在太遙遠了……」

三人一起嘆氣。送別父母，實在是一件苦差事。

晚上有盆踊大會，但康彥只去露了一下臉，沒有跳舞，也沒有看活動，便和瀨川、谷口三個人去了老地方大黑小酒吧。鎮上的主角已經改朝換代，沒有他們出場的份了。執行委員大多都是二、三十歲的年輕人。

武司家好像來了許多親戚，馬路上停了好幾輛車子。雖然想跟武司喝一杯，但實在不好開口邀他。

「病榻纏綿真的很棘手呢。」媽媽桑吞雲吐霧地說。

在這裡，話題也幾乎圍繞在喜八的病情。與其說是擔心喜八的狀況，更是憂心對家人造成的影響。

「太太光是上醫院就很辛苦吧？山縣中央醫院的話，坐計程車來回就要八千圓，雖然也有公車，一天也只有幾班。要是我的話，就不會每天去。」

「可是太太也會介意旁人的眼光啊。如果不去探病，就有人要說閒話。這是個小鎮嘛。」瀨川有些自嘲地說。

「媽媽桑，妳老了以後要怎麼辦？」谷口詢問六十多歲的老闆娘。

「噢，不要問我這種問題。我可是孤家寡人，光想到以後，眼前就一片漆黑。」媽媽桑揮手皺眉。

「光陰似箭喔，最好趁早做打算。」康彥說。

妻子那套說法不知不覺間傳染給他了。

「那，我要工作到最後一刻，然後進安養院。得在那之前好好存錢，所以向田先生，你們每天晚上都要來光顧喔。」

「妳不去札幌的兒子那裡嗎？」

「不要，打死我都不要。再說，誰要去那種連半個熟人都沒有的地方啊？」

「說的也是。換做是我，也沒法再搬去別的地方住了。」

「欸，乾脆建議町公所開一家町營安養院吧。附設醫院那種的。」

「哪來的錢啊？苦澤早就破產了。」

「都是前一任町長害的。那個王八蛋村井，幹了二十年町長，只留下一堆蚊子館。」

「就是說啊，蓋一堆根本沒用的東西。」

正當眾人興沖沖地說著前町長的壞話時，青年團鬧哄哄地進店裡來了。

「啊，真是慘斃了。機車騎士不來，隔壁町的女孩也不來。擺攤赤字，連器材租賃費都付不出來。」瀨川的兒子陽一郎愁眉苦臉地說。

「就說了嘛，做計畫不能想得那麼簡單。評估要嚴格，這是做事情的鐵則。」瀨川調侃地說。

「有什麼關係？總比什麼都不做要來得好。年輕人就讓年輕人自己去發揮吧。」媽媽桑護著說，端出炸雞來：「喏，年輕人，老闆娘請客。」

青年團也許是自暴自棄起來，圍在桌旁粗魯地抓起啤酒瓶就口痛飲。

「對了，爸，馬場爺爺怎麼樣了？」和昌問。

「還有一口氣，不過，病情好像還是很不樂觀。」

「這樣喔。那如果馬場爺爺過世，馬場奶奶要怎麼辦？」

「還能怎麼辦，就一個人繼續住在那裡啊。你們要多多關照她啊。」

「欸，我說你們啊，等你們爸媽都老了以後，你們打算怎麼辦？」媽媽桑問。

和昌瞥了康彥一眼，冷漠地說：「那麼久以後的事，我哪知道啊？」說的也是。康彥自己二十三歲的時候，也不曾想像過父親再也無法工作的那天。

「遲早還是會遇到啊。」

「我不曉得啦。」和昌撇開臉去，拒絕回答。

三名父親聳了聳肩。年輕人兩三下就喝醉，沒多久便在狹小的酒吧裡吵翻天。

4

祭典結束後，喜八的病情依舊沒有任何進展。親戚們全都恢復日常生活，只有武司請了有薪假留在老家。

「醫生說的『有可能是今晚，也可能是十天後』這種狀況，我想回去也沒辦法。」

武司除了帶母親上醫院之外，沒別的事情好做，每天不是去康彥的理髮店，就是去瀨川的加油站打發時間。

「你回去東京也沒關係吧？要是拖久了，那真的沒完沒了。阿姨很能幹，一個人總有法子的。」

康彥勸武司回東京，但武司似乎下不了決心。

「我是長男，哪能丟下老母一個人回東京？要是在札幌，一有狀況立刻就可以趕回來；但我是在東京，萬一晚上病情有了變化，就得等到早上才有車子可以搭。一想到這裡，我就怕得不敢走。」

「要是這樣說，那你不就得守在這裡，直到你爸嚥氣為止？你還要上班，這怎麼可能嘛。」

「是這樣沒錯，可是我十八歲離家以後，就一直只為了自己而活，所以對父母總覺得虧欠。我不像阿康你繼承家業，或是照顧父母，從來沒有對家裡盡過半點義務，所以內心有種罪惡感……」

「你在說什麼啊？那種傳統觀念老早就過去了。如果兄弟很多，長男或許是該繼承家裡，但是到了我們這個年代，每個家庭幾乎都只有兩個小孩，卻要把他們綁在老家，豈不是太沒道理了？再說，像苦澤這種人口外流地區，有誰能逼你留在鎮上？」

「聽說和昌要繼承理髮店不是嗎？」

「天曉得他啥時又會變卦？我才不指望他哩。」康彥苦笑搖頭。

和昌還是老樣子，努力在木工所打工，存錢準備上理容學校，還熱心參與青年團活動。即使在這樣的人口外流地區，每天仍過得這麼起勁，唯有這點令康彥不禁要佩服。

「總之，我會向公司說明，再待個兩、三天。之後的話，阿康，不好意思，可以請你偶爾去看看我媽嗎？」

「當然了。你不必擔心，大家都會幫忙的。」

這時，說人人到，和昌來了。

「奶奶叫我拿去修理的茶具櫃已經好了，幫她送回來。老闆也很感動，說老傢俱真的很堅固——啊，叔叔好。」

和昌看到武司，點了一下頭。

「喂，和昌，馬場叔叔家現在很辛苦，你也要多多幫忙。」康彥說。

「我知道。採買的話，我可以帶馬場奶奶去。」

「真不好意思，和昌。叔叔差不多得回去東京才行了。」武司行禮說。

和昌想了一下問：「叔叔，還有沒有其他我可以幫忙的？」

「沒有，呃……」突來的問題令武司有些不知所措。「對了，車子沒有人開，我有點擔心電池會沒電。」

「這不算什麼。我會每隔三天去發動一下。」

和昌笑著說，扛著茶具櫃進屋內去了。

「和昌變得真能幹。」武司說。

「只有塊頭大，裡頭還是小孩子啦。」

康彥謙虛地說，當然內心頗為自豪。

三天後，武司回去東京了。喜八的病況就這麼不理想地穩定下來，武司實在沒辦法再繼續逗留下去。

「是不是該有拖上一年的心理準備？」

武司似乎完全沒轍了。他說暫時會每個週末回來。光是交通費就很驚人，而且醫院會負責全部的看護工作，所以康彥一群朋友們都勸他不必這麼做，但武司只是落寞地笑，不肯聽從。

要是不這麼做，他心裡過不去吧。身為長男卻離開故鄉，這件事或許讓他有了康彥等人不瞭解的罪惡感。

喜八的妻子房江平日用完午飯後，便搭乘下午一點的公車去醫院。看到她提著束口袋，小碎步經過店面的身影，康彥總是心痛不已，得費上好大的勁，才能壓下開口說要開車送她的衝動。反正這家店只有常客，如果店沒開，客人自然會改天上門，但還是不能隨意打烊。

回程的時候，房江都坐計程車。因為公車要到傍晚才有一班。每天的計程車錢應該也不是一筆小數目。

有一次下大雨，康彥看見房江撐傘出門，忍不住走出去說：「馬場阿姨，今天別去了吧。」房江堅強地揮揮手說「沒事、沒事」，堅持每天都去探望丈夫。康彥從來沒有想過馬場夫妻感情如何，不過這樣一看，他不得不感動兩人真是鶼鰈情深。

同年代的老母意外地看得很淡，喜八剛病倒時，她深切地同情，但過了一個星期，就開始邀房江一起去打地面高爾夫，被康彥責怪。

「媽，馬場阿姨才沒心情打什麼高爾夫。」

但是老母不以為意，說：「可是我看她每天都很無聊啊」，幾乎天天都去找房江，邀她：「要不要去唱卡拉ＯＫ？」

然後到了週末，武司真的一個人從東京返鄉。回來以後，便自己開車載母親去醫院，順便去山縣的大型超市採購大量食材食品，成了習慣。

然而，房江似乎叫兒子不必每星期都回來。

「就是啊，你應該一個月回來一次就好。」

康彥等一群朋友也這麼勸，但武司說醫院要求喜八差不多該轉院了，也得找新的醫院，怎麼樣都還是得回來。

「必須是車程一小時以內的醫院，否則我媽沒辦法一個人去，所以選擇不多，也沒什麼好的醫院。其實，我很想讓我爸住單人房，不過那樣一來，每個月要多花十五萬圓，我實在負擔不起。」

武司非常自責，每次康彥等一群朋友都安慰他說：「單人房是有錢人住的，咱們沒辦法。再說，萬一拖久了怎麼辦？」但他就是懊惱個沒完，教人看了同情不已。

似乎是因為收容需要看護病患的醫院風評都不太好，令他沮喪。

擔任民生委員的恭子為康彥說明這部分的內幕：

「因為有很多看護業，目的是為了領取政府補助金，也有些醫院真的很糟糕，像是病房裡充滿屎尿味，冬天捨不得開暖氣，讓病人冷得要命。有時候我也會想，這根本就是現代捨姥山[9]啊。」

原來如此，如果把自己的父母送進那麼糟糕的醫院，就算回去東京，還是會放心不下吧。武司會如此煩憂，也在所難免。

身為兒時玩伴和街坊鄰居，康彥實在無法袖手旁觀，找來瀨川和谷口，自願提供協助，三個人一、三、五輪流送房江去醫院，二、四看房江是要自己去，或者是休息。他們打算說服房江，說沒必要天天探望。

他們先打電話告訴東京的武司，武司一開始拒絕，說不能這樣麻煩他們，但他們說：「那你一次付一千圓給我們補貼油錢，這樣總行了吧？」武司猶豫了半晌，最後答應先拜託他們一個月看看。電話另一頭的武司頻頻說著不好意思，謝個沒完。

武司本來就很不忍心讓年邁的母親一個人搭公車和計程車，所以最

＊注9：捨姥山是日本民間傳說，主要故事是老人到了六十歲後，孩子便會將其揹到特定的山中丟棄。

起碼可以解決這個煩惱。

然而，當康彥去房江家提出這個建議，房江卻厲色堅拒說：「我一個人可以，你們不用這樣。」看起來不像是在客氣，反倒是嫌他們多事。

「如果真的要人幫，我自己會開口，阿康，到時候你再開車送我去。可是其他時候，我一個人沒問題的。一個人比較自在。」

「可是阿姨，交通費也不是一筆小錢吧？」

「你放心。我們有存款，光靠我們夫妻的年金也能過得很好。花交通費也只有現在，等到轉去別的醫院，我就不會每天去了。反正我那口子現在不能說話，眼睛也不曉得看不看得到。所以天天探病，也只是這段日子的事。謝謝你啊，阿康。你的好意我心領了。」

「如果只有這段日子，那阿姨就接受我們的好意嘛。我們跟武司說好，就暫時這個月而已。」

「不用、不用，沒關係，我一個人比較輕鬆。」

房江再三搖頭，堅辭不受。

因為也沒法強迫，康彥暫時打消念頭，把這件事告訴老母，結果老母露出別有深意的苦笑說：「隨她愛怎麼樣吧」。

「既然她說想一個人去，你們就甭瞎操心啦。」

然後她算準房江從醫院回來的時間登門拜訪，幾乎每天都聊上好久，不曉得在聊些什麼。

老年人跟老年人話才投機嗎？康彥覺得多管閒事也只是招人嫌，決定暫時靜觀其變。認定老人家怕寂寞，也許是青壯年人的傲慢。再說，八十歲的老母每天無事可做，不也活得舒舒泰泰？

喜八病倒一個月過去後，總算找到轉院的醫院了。是山縣市郊剛成立沒多久的復健醫院。雖然是四人房，但頗為寬敞，住院費用是貴了點，不過，武司認為這裡的環境可以讓家人親戚安心，便申請並通過了。父親的去處有了著落，武司似乎也打從心底放下心來。

「我想我爸應該會在轉去的醫院過世。醫生說沒有好轉的希望，既然如此，希望他能在清潔的環境裡歸西。」

幾個朋友在大黑小酒吧喝酒，武司表情輕鬆地說。

「武司，你做得很好了。我們真的很佩服。看你，不曉得從東京返鄉了多少趟，還要應付公司主管工作，實在太了不起了。」

聽到康彥的稱讚，武司輕笑聳肩：「身邊的人都很通融，反而嚇到我了。」

「就連平常討厭我的主管都關心地問：令尊還好嗎？還幫忙臨時變更我手上的業務。那個主管說他自己的父親在九州老家病倒時，那段時間實在辛苦極了，因此，公司也會盡可能給予方便——。簡而言之，我們上頭的世代都經歷過送別父母，所以特別感同身受吧。」

「那當然了。瞭解箇中的辛苦，自然也會體貼許多。」瀨川「嗯嗯」地點頭附和。

「我們也沒辦法袖手旁觀啊。」谷口也點點頭。

事情告一段落，眾人都鬆了一口氣。往後如何還不清楚，但總之是步上軌道了。

「武司，你媽真的好堅強，令人驚訝。哪像我媽，我爸罹癌住院的時候，她整個人慌得六神無主呢。」瀨川說。

瀨川的父親十年前罹患癌症，住院一年後過世了。

「瀨川你爸那時候才七十多，還在工作嘛。我家就不是了。人痴呆得差不多，連孫子的名字都忘了，所以一家子都覺得可以放手了——」谷口說。

聽到這話，武司開口：

「不，其實我家或許也有點這樣。我爸昏倒的時候是嚇了一跳，我跟我媽都慌了手腳，不過一陣子過去，冷靜下來後，想想八十多歲也算是高壽了，就覺得不是那麼無法接受——。坦白說，我擔心的只有我媽，對於我爸，感覺就像：啊，時辰到了。」

「對了，你媽怎麼樣？看起來精神好像還不錯？」康彥問。

房江還是老樣子，一個人上醫院探望，絲毫沒有引以為苦的模樣。

「我媽喔，」武司忽然壓低了聲音。「她好像沒有寂寞的樣子耶。上次她還開心地跟我說，她跑去電影院看電影，五年沒去了呢。」

「咦？這樣嗎？」

「就是啊。她一個人去山縣買東西，去咖啡廳吃義大利麵，我是不曉得啦，她好像還滿樂在其中的。」

「這麼說來，我們說要開車送她的時候，她堅持不肯答應。跟她說不用客氣，她卻說一個人比較自在——原來是想要自由地四處逛逛啊。」

「好像是。決定轉院的醫院以後，我媽問我她可以跟富子阿姨她們一起去過夜旅行嗎？我說當然好——」

「咦，這樣啊？」

「她叫我到時候看是我還是我妹要留在老家顧著，萬一我爸在家裡沒人的時候離開，醫院找不到人，不曉得會被說成什麼樣——」

「哈哈哈！」

三人忍不住放聲大笑。

「房江阿姨是解脫了啦。」媽媽桑插口說。「因為這幾年馬場先生身體愈來愈差，房江阿姨隨時都得顧著他，不能去旅行，也不能參加老人會活動。再說，馬場先生就是堅持要開車，房江阿姨一直很擔心萬一他出車禍怎麼辦。現在完全不用操心這些了，她一定是覺得總算卸下了肩頭的重擔。」

「是啊。嗯，原來如此。」

四個男人同時點頭。

「馬場先生也算是活夠本了，也留下許多回憶，沒有任何遺憾，比起傷心，更是覺得解脫啦。」

「嗯、嗯。」四人再三點頭。

「女人的平均壽命比較長，老天爺這個安排實在巧妙。像你們也是，萬一老婆先走一步，一定不曉得該怎麼辦才好吧？」

四個男人這回都語塞了。

「我覺得上了年紀以後，女人比男人堅強太多，是一件好事。男女勢力在最後翻轉，這麼一來，你們覺得女人會怎麼想？要不要為過去的種種報一箭之仇——？唔，實際上是不會這麼做啦，因為這樣老公太就可憐了。不過，一想到老公只有自己可以依賴，在精神上就占了上風，有時候還可以故意對老公使壞來取樂。啊，我離婚或許是有點吃虧了呢。」

媽媽桑兀自滔滔不絕，男人們默默地喝著杯中物。雖然想要回嘴，卻想不出半點反駁的話。康彥想到自己的老後，胸口痛了起來。

喜八人還沒斷氣，大家卻說得他好像已經死了，這實在太殘酷了。

苫澤的夜晚還是老樣子，一片寂靜。

隔天，康彥出門為不良於行無法來店的老人到府理髮。這是個人口嚴重外流的小鎮，因此也得提供這樣的服務。

他把理髮工具收進皮包，開車出門。途中經過運動中心旁邊，看見鎮上的老太婆們正在打地面高爾夫球。我家老媽也在裡面嗎？康彥放慢速度，發現老母發出格外嘹亮的聲音，領著眾人玩得不亦樂乎。確實，女人真的很堅強。老爸也正在天堂苦笑著吧。

就在他準備離開的時候，注意到一名老婦人。婦人頭上包著領巾，所以看不到臉，不過從那身形來看……

這時一道嘹亮的聲音響起：

「房江，換妳囉！」

康彥差點沒從駕駛座滑落下去。

喜八應該也不會埋怨什麼吧。沒有人希望房江就此關在家裡。

雲雀在天空熱鬧地啼叫著。

中國來的新娘

1

苫澤町來了個中國新娘。來自中國東北黑龍江省農村的三十歲姑娘，嫁到飛鳥地區的農家了。

苫澤町位在山區，耕地原本就少，因此農業並不興盛，但因煤礦而蓬勃發展的時期，在町公所的鼓勵下，開始有農民遷移進來，有段時期維持著頗為可觀的農業規模。但是自從廢礦以後，隨著人口減少，農家數目亦不斷下降。現在集中種植蘆筍，做為苫澤町的名產向外推廣，成果相當不錯。但是沒有女人肯嫁進農家，後繼無人，這些問題卻是無從解決，即使町公所舉辦聯誼活動，設法為年輕人找對象，成果仍不盡理想。就在這時，有農家長男跑去中國相親，帶了中國新娘回來。

新郎是四十歲的野村大輔，康彥從他小時候就認識了，他也是向田理髮店的客人，現在依然一個月上門理髮一次，閒話家常。這個消息是老母富子帶回來的。

「聽說野村家的大輔結婚了。」

老母從屋內來到店面，劈頭便這麼說，把康彥嚇了一跳。因為半個月前大輔才來理過頭髮，對此隻字未提。

剛好兒時玩伴的加油站老闆瀨川在店裡，連他也瞪圓了眼睛驚訝地說：

「他昨天來我們店裡加油，完全沒提到這件事啊？」

「媽，妳說大輔什麼時候結婚的？」康彥問。

「好像是最近的事。」

「女方是誰？」

「好像是中國人喔。聽說三十歲。」老母壓低聲音說。

康彥不知該如何回話，與瀨川面面相覷。

「野村先生說等穩定下來後，就會帶媳婦來跟大家打招呼，到時還請多多指教……。不過，是中國人喔？嚇死我了。」老母說。

「這不是常有的事嗎？隔壁的山縣也有好幾個中國新娘。」瀨川啜飲茶水，故意語調明朗地說。「這一帶到處都討不到老婆，聽說有仲介業者從中國帶女人過來，讓她們跟農家的長男相親，如果中意就結婚。唉，要是不這麼做，一家子就要絕後了嘛。」

「大輔剛開始好像不太願意，野村先生逼他說：你都已經四十歲了，以後只會更難討到老婆，也差不多該讓你父母安心了吧？他才心不甘情不願地去相親，然後匆匆忙忙就決定了的樣子。」

「這樣喔。」

康彥心裡很複雜。身邊有人結婚，應該是件喜事，但聽到是中國新娘，就沒法無條件地開心。不是因為偏見，而是想到人口外流地區的長男要結婚果然很困難，再想到自己的兒子，心情便忍不住消沉起來。

「那個新娘子會說日語嗎？」康彥問。

「這我就不曉得了。可是不會說怎麼成呢?大輔應該不可能會說中文,這樣跟街坊也沒法溝通。」

「我聽說這種跨國婚姻,都會先學會日常會話再過來。」瀨川說。

「是這樣嗎?」

「因為是那邊的人想跟日本人結婚,向仲介業者登記,跑來日本相親的嘛。這表示對方就是這麼積極不是嗎?欸,阿姨,那個新娘漂亮嗎?」

「我不知道,根本還沒見過人呀。」

「不可能漂亮吧。」

「瀨川,不可以這樣說。結婚是兩個人的事。」康彥規勸。

瀨川也有個單身的兒子,娶媳婦應該也是切身的問題。

「不辦喜宴嗎?」康彥問老母。

「不曉得耶,沒聽說。不過,聽說要去夏威夷蜜月旅行。」

「啊，這樣啊。那很不錯啊。」

康彥稍微安心了些。不辦喜宴，若連蜜月旅行都沒有的話，怕會給人買賣的印象。

「辦個喜宴比較好吧？」瀨川說。

「是啊，不過那是個人的自由，也有些人不喜歡鋪張吧。」康彥說。

「不是，我的意思是這樣比較省事。在町裡辦場喜宴昭告天下，就不必一一上門打招呼啦。」

「這樣啊，說的也是。」康彥點點頭。瀨川說的確實沒錯。

「也有些老人家愛碎嘴，會嘮叨怎麼連宴客都沒有。」

「我可什麼都沒說。」老母意外地反駁說。

「阿姨不一樣，我是說其他人。對了，阿康，大輔還在青年團嗎？」瀨川明知故問。

「早就退出了。他說就算還沒結婚，都過了三十五，還算哪門子青年，所以退出了不是嗎？」

「那就算我兒子還是和昌去跟他說也不行吧。」

「不好吧，他們年紀差那麼多，都差了一輪呢。跟他同齡的，應該是工務店的福田吧。」

「啊，福田啊。那我去跟福田說，叫他們當發起人，辦個喜宴還是慶祝會比較好。」

「別了吧，你這不是雞婆嗎？我覺得應該尊重大輔的意思。」康彥擔心地說。

最近的大輔有點排斥社交的樣子。如果本人不願意，即使慶祝，也只是徒增對方的痛苦。

「那我叫福田問問他的意願好了。」瀨川從沙發站起來，伸了個懶腰說。「可大輔也真是的，都認識這麼久了，這麼重要的事情居然瞞著我們。跟咱們說一聲，咱們也好包個紅包，要不起碼贊助一下蜜月旅行嘛。」

「人家是害羞啦。年輕的時候姑且不論，他都四十了。」

「而且新娘子是中國來的嗎？」

「你啊，動不動就說這種話。往後都一樣是苫澤人了，哪裡來的人又有什麼關係？」

「唔，也是啦。」

瀨川戴上帽子，離開店裡。發動小貨卡引擎，回家去了。

「我也去問問野村先生，看喜宴要怎麼辦。」老母似乎也掛心不已。

「不要多管閒事比較好吧？」

「不宴客反而更招人閒話。」

「唔，也是啦……」

康彥點點頭。在鄉下的確是這樣，按習俗辦事便一切輕鬆，若要特立獨行，便有重重麻煩等著你。

老母返回屋內，店面只剩下康彥一個人。妻子恭子去參加民生委員會的活動。廣播播放著老歌。

今天或許還會再來個客人吧。人口外流地區的理髮店只有熟客，很容易預估。

話說回來，大輔也四十啦？難怪自己也老了。康彥看看鏡中的自己，嘆了一口氣。

他有時會擔心起大輔。大輔從國中就固定來店裡理髮。兩人年紀有段差距，所以不曾一起出遊，但聊過不少，也常開彼此玩笑。大輔本來是個開朗的人，也積極參與町內活動、照顧老人家。然而，從三十二、三歲左右開始，他忽然變得沉默寡言起來，開始避免任何交際活動。理由康彥依稀猜得到，是因為遲遲討不到老婆，自覺丟人。

好像出過什麼決定性的事。康彥聽說是這樣的：大輔愛上農協的行政小姐，身邊的人慫恿他求婚，他也真的下定決心開口求婚，結果對方說要再想一想。大輔覺得這個回答有希望，便到處逢人說要結婚了，沒想到女方只是覺得當場拒絕太不給面子，一段時間後回絕說：很抱歉，我不想嫁入農家。這下大輔丟臉丟大了，好像還躲了一陣子。從此以後，他就變得沉默寡言，再也不參加任何聚會活動。

連康彥都聽說了，跟大輔同年代的朋友應該都知道。這是個小鎮，沒人躲得過蜚短流長。正因為大輔過去是那樣一個爽朗大方的青年，康彥更是深為同情，此後一直避免提到結婚的話題。

大輔每天下田工作，很少外出。農協裡好像有他的酒友，偶爾會在町內的小酒吧看到他，但也從來不會大聲喧嘩或笑鬧。

一想到本來個性開朗的大輔，只因為結不了婚的羞恥，居然幾乎變了個人，康彥便覺得難過不已。所以他應該要為大輔結婚的消息感到開心才對，但女方不是日本人這一點，就是令他無法釋然。

他自認沒有偏見，但還是免不了會想：「居然退而求其次到這種地步。」

朝窗外一望，秋空無限高遠，好似無垠無涯。從這個時節開始，北海道的氣溫便會一口氣下降，迎接冬季。大輔的新娘子受得了這人口外流地區的凜冽寒冬嗎？明明是別人家的事，康彥卻擔心起來。

當晚康彥告訴妻子恭子大輔結婚的消息，一開始她喜上眉稍地說：「太好了、太好了！」但一聽到女方是中國人，表情立刻沉了下來，說：「這樣啊。」意料中的反應。

「可是增建的獨棟房子總算派上用場，不是很不錯嗎？」恭子辯解似地接著說。

野村家從十年前就在院子加蓋了一棟屋子，有全新的廚房和衛浴設備，等著大輔娶妻，讓這棟房子成為二世代住宅*10。然而，大輔一直沒有娶老婆，日子就這麼過去，現在變成只有大輔一個人在那裡生活起居。

「這下野村先生也可以鬆口氣了。他成天老是在喊討不到媳婦嘛。」

「我也覺得他那種態度很糟糕。就是因為周圍這樣說，大輔才會壓力愈來愈大。因為對農家長男來說，娶妻生兒繼承家裡，就像是一種義務。」

「我們家的和昌會怎麼樣呢？」

「我們又不是農家，店什麼時候關掉都無所謂，要是找不到老婆，不管是要去札幌還是東京都可以。」

「唔，也是啦。」

這時和昌下班回來了。他夢囈似地叨唸著：「餓死了、餓死了！」

逕自穿過客廳，走向廚房。

「欸，和昌，聽說野村家的大輔終於結婚了。」恭子說，和昌自己添著飯說：「我知道啊」。

「上次我看到他老婆，在家庭大賣場買東西。」

「這樣啊。那，怎麼樣呢？」康彥問。

「什麼怎麼樣？」

「你跟他老婆說話了嗎？」

「沒有。我跟她點點頭，她也跟我點點頭，就這樣而已。然後我回去跟老闆說大輔哥跟個女人在一起，老闆就跟我說：噢，那是中國來的新娘……」

「是個怎樣的人？」

恭子起身去廚房，為兒子熱味噌湯、微波燉菜。

＊注10：由親世代與子世代共住的生活空間。

「就普通女人啊。」

「還有別的吧？像是長得漂不漂亮、胖還是瘦。」

「我又沒看得多仔細。只瞄到一眼而已。」

「大輔看起來怎麼樣？」

「我哪知道啦。真的只是打聲招呼而已。」和昌厭煩地說，開始吃飯起來。

才二十四歲的和昌對這件事應該不感興趣。畢竟他都知道了，卻甚至沒有向父母提起。

「青年團怎麼說？」康彥問。

「大輔哥已經退出了，不過，也有人說是不是該辦個慶祝會。」

「這樣啊，總得慶祝一下嘛。」

「他要是團員，按規矩每個人都得包給他一萬圓紅包。」

「嗯，起碼要包這個數字。」

「我才不要哩。他又沒照顧過我們，憑什麼要付他一萬圓？」

「欸，和昌，青年團幫他辦個慶祝會怎麼樣？」

「咦？我們嗎？」

一聽到康彥的提議，和昌立刻擺出臭臉來。

「他跟我們又沒關係。人家只會覺得麻煩，嫌我們多管閒事。」

「會嗎？」

「因為他都那把年紀了，而且老婆又是中國人……」

和昌兩三下就扒完一碗飯，遞出飯碗要求再添一碗。

「欸，和昌，如果你一直討不到老婆，會願意娶中國新娘嗎？」恭子邊添飯邊問。

「那麼久以後的事，我才不知道咧。」和昌似乎不高興了。

「一晃眼就三十囉。」

「我不知道啦。」和昌粗魯地說，大口嚼飯。

苫澤的夜晚依舊寂靜，連行車的聲音都聽不見。只有蟋蟀在各處草叢唧唧叫個不停。

2

這是個小鎮，大輔結婚的消息一眨眼便傳遍了每個人的耳朵。像老人家，逢人開口第一句話就是：「大輔結婚了呢。」然後各地傳出目擊新婚小倆口的消息。

「我兒子在山縣的駕訓班看到的中國女人好像就是大輔的老婆。」

「有個中國女人在郵局寄一大堆衛生紙去中國。」

不過，卻沒有半個人跟本人說過話。似乎就連同樣住在飛鳥地區的居民，都還沒有被正式介紹。

「這是怎麼一回事啊？」

瀨川就像平常一樣跑來店裡摸魚，詫異地說。

「難不成大輔打算就這樣不介紹了？那樣的話，他老婆也太可憐了吧。連交朋友都沒辦法。」

確實如此。

「應該是害羞吧。大輔對結婚這檔事好像變得相當神經質。」

「就算是這樣，拖得愈晚，就愈難宣布。他是打算一輩子關在飛鳥都不出來了嗎？可沒人這麼做事的。」

這時老母端著茶水茶點出來了。她好像在屋裡聽見了。

「野村先生說，大輔要等到蜜月旅行回來再向大家介紹。」

「那就好啦。」康彥說。

「什麼時候要去蜜月啊？」但瀨川還是不服氣的樣子。

「瀨川，你跟工務店的福田說過了嗎？大夥要替他慶祝的事。」

「說過了。可是福田說他們最近都沒打交道，不曉得該怎麼開口。」

「他們不是同學嗎？太見外了吧？」

「見外的是大輔吧？聽說他這七、八年連同學會都不參加，町裡辦的高爾夫球大賽也缺席，就連祭典，也是去神社拜個一下就回去了。」

「那是因為大輔不管去到哪裡，每個人都要問他討到老婆了沒？他才會受不了啊。像瀨川你就很愛問不是嗎？」康彥責怪地說。

瀨川從以前就很雞婆。

「我是關心才問的。而且我也替山縣的朋友來跟他說過媒……。雖然最後是沒說成，不過，他爸也很感謝我啊。」

「可是女方拒絕了，說年紀相差太多。就是這樣，才害他又傷得更深了。」

「那你說要怎麼辦才好嘛？」

瀨川噘嘴抗議，這時客人來了。是町公所的町長輔佐，總務省派來的官員佐佐木。

「午安。工作剛好有空檔，我想平日比較不用等……」

「週末也都很空啊。」瀨川說。

「瀨川，你這人就是嘴巴賤。」

老母訓道，回去屋內的房間了。

康彥請佐佐木坐下，立刻著手理髮。

「對了，佐佐木先生，飛鳥有個叫野村大輔的人結婚了，町公所會送禮金嗎？」瀨川問。

「喔，聽說有人結婚了呢。我是沒聽說禮金的事，不過去登記的時候申請的話，應該會有禮金才對。」佐佐木答道。

在苫澤，町公所會致贈新人三萬圓結婚禮金。

「聽說女方是中國人。這在苫澤好像是頭一遭，站在町的立場，也很歡迎她的加入。」

「就是說吧？我也這麼想，正在計畫辦個歡迎會呢。」瀨川遇上知己似地插嘴說。

「不管是中國還是菲律賓新娘，感覺往後跨國婚姻會愈來愈多，我正在思考町公所能提供什麼樣的支援。」

「對啊對啊，所以啦，是不是該由町公所出面，問問那個中國新娘在生活上會不會有什麼不方便？」

「是啊，我再跟住民課討論看看。」

「看吧，阿康，町長輔佐也很關心。不能丟著不管啦。」

「是你太雞婆而已。」康彥規勸。

「對了，佐佐木先生，人口外流地區的跨國婚姻很多嗎？」瀨川問。

「很多。農村和漁村，每個地區都為了後繼無人而煩惱。到國外討老婆，應該是很自然的發展。」

「那是怎麼進行的呢？」康彥問。

可以想像得到不會是一般相親，所以康彥一直很好奇。

「中國和日本都有仲介業者，只要去那裡登記，首先會收到新娘候補的照片，從裡面挑選幾個人，實際去當地相親，然後中意的話，就彼此提出條件，談得攏的話就結婚，應該是這樣。」

「大概要花多少錢？」

「就我聽說的，總共要花個兩百萬圓左右吧。」

「兩百萬啊……」

瀨川深深嘆氣，兩人對望。其中應該包括了要給女方家的錢吧。這麼一來，無可避免地便會聯想到「人口販賣」這四個字。

「可是就算是中國人，嫁到國外這種窮鄉僻壤，不會很不願意嗎？」

「不，中國很大，去到內陸地方，還有很多地方沒水沒電，甚至有些地方連醫院、學校這些基礎建設都沒有，相較之下，苫澤簡直是天堂。所以她們才會上日語學校，設法跟日本人結婚。」

「這樣啊。聽說大輔的老婆也是從北方的荒村來的，一定是連沖水馬桶都沒有的地方。」瀨川恍然大悟地點著頭。

「聽說苫澤以前有個叫月老委員會的單位。」佐佐木改變話題說。

「有有有！」瀨川拍手，康彥也想了起來。記得這個單位直到五年前都還存在，是自治會會長發起的組織，千方百計為町裡的單身男女找對象，然而，卻在不知不覺間消失了。

「讓這個單位復活如何？町公所也會全力協助。」

「不錯喔。我也希望兒子快點找到對象嘛。對吧，阿康？」

「嗯，是這樣沒錯……」

這麼說來，月老委員也帶了許多椿親事去找大輔。康彥也有理容師公會的朋友來問他有沒有適合的對象，他便透過月老委員介紹了一個女人給對方認識。後來如何他不清楚，但沒聽到好消息就是。差不多那個時候，大輔開始變得寡言。

「現在的年輕人不是都討厭這樣干涉嗎？」

「阿康你反對嗎？」

「也不是反對，只是覺得是不是不要給町裡的長男太多壓力……」

「但也不能丟著不管啊。町裡的媳婦荒可嚴重了。女生高中一畢業就去了札幌，要不就是去了東京，留下來的全是長男。能自個兒討到老婆當然是最理想的狀態，可是町裡頭不一定有那種緣份啊。」

「是這樣沒錯，但還是應該優先尊重本人的意願。」

「我覺得這種事情，就得要旁人強勢一點推動才行。」

兩人爭論起來，佐佐木插口說：

「我知道了。我來問問青年團的成員。當著眾人的面也許不好說真心話，所以我會個別私下問問，看他們到底是真心排斥，還是其實希望有這樣的協助。」

「對啊，佐佐木先生去問，他們應該比較好開口。」

「嗯，我們這些老人去說，那些年輕人也只會嫌我們煩。」

瀨川站起來準備打道回府。當他走向窗邊的時候，一輛車子剛好經過，他「啊、啊、啊」地驚叫連連。

「剛才那是大輔的車！副駕駛座有個女人，是他老婆嗎？」

康彥也急忙回頭，但車子已經開走了。

「什麼嘛，就這樣走掉喔？怎麼不過來坐坐，介紹一下老婆呢？」

瀨川嘀咕著。

「怎麼了嗎？」佐佐木問。

「沒有啦，就娶了中國新娘的大輔，感覺好像在避著我們。」

「瀨川，你這就叫多管閒事。倒是，那新娘子長得怎樣？」

「只看到側面，滿普通的。不是恐怖的獸面瓦，也不是塌鼻子肉餅臉。」

「你怎麼這樣說別人老婆……？」

康彥皺眉責備，卻也擔心起大輔來。過門不入，顯見確實是在避著他們。這樣一個小鎮，他打算就這樣永遠不把老婆介紹給大夥嗎？

「我開車追上去看看好了。」瀨川說。

「白痴，不要啦。」

「什麼白痴！」

瀨川咧嘴做鬼臉回去了。

晚上，和昌向康彥提起大輔結婚的事。

「青年團裡聊到這件事，團裡的前輩因為受過大輔哥照顧，也想跟他的中國老婆做好關係，所以打算開個慶祝會，準備先去問問大輔哥的意思。」

「這樣很好。年輕人帶頭的話，大輔應該也不會拒絕。」

「可是前輩說大輔哥很難相處，不曉得他到底會不會答應。」

「不，只是你不知道而已，大輔以前是個開朗又健談的年輕人。他來我們家理髮的時候，每次都會聊起今天發生了哪些事、最近有什麼新聞，喋喋不休呢。」

「咦？印象完全不一樣。」和昌一臉意外。

看在二十四歲的和昌眼中，四十歲的大輔年長太多，也不曾正式打過交道。對他根本毫無興趣。

「對了，聽說大輔的老婆在超市買了一堆肥皂、洗髮精，寄國際船運回中國。是郵局阿松說的。他還說大輔的老婆會不會是假結婚，其實是來日本替人買東西的。」

「喂，不要胡說八道。要買東西的話，一般旅行就可以買了吧？」康彥責備和昌。

不過，他也覺得就是因為沒有好好辦喜宴，才會冒出這類不負責任的傳聞。

「你們青年團要好好為他慶祝一下啊。」

「就說是這個打算了。」

「對了，你打算幾歲結婚？」康彥趁機問道。

「沒頭沒腦的說什麼啊？我還沒有想過。」

「三十大關一眨眼就到囉。」

「不要講跟老媽一樣的話啦。我才剛要上理容學校，考到理容師資格，結婚是很久以後的事。」

「你去札幌唸理容學校的時候順便找老婆吧。等到回這裡再找就太遲了。」

「我不曉得啦！」

和昌一下子惱了，跑回自己房間去了。

雖說是許久以後的事，但康彥總是在為兒子的婚事擔心。之所以不希望他繼承理髮店，也是因為覺得年輕人待在這樣一個荒僻的小鎮生活，連老婆都討不到，實在太可憐了。

這時，恭子去民生委員會開會回來了。說是開會，好像也只是吃飯聊天的樣子。

恭子脫掉外套，在沙發坐下，隨著嘆息說了起來：

「欸，孩子的爸，你知道白川地區的八木先生吧？酪農業做很大的那個。」

「哦，知道啊。」

「那個八木先生在問，說可以把我們家女兒嫁給他們的大兒子嗎？」

「啥？當然不行，他在胡說些什麼啊？」康彥反射性地回絕，同時猛烈地憤怒起來。

女兒美奈高中畢業後，進了東京的服飾專門學校，現在在服飾公司任職。她打算就這樣在東京住下去，父母也沒有異議。

「你又這樣不分青紅皂白的。美奈的婚事，應該要美奈自己決定吧？」恭子瞪眼回嘴說。

「難道妳贊成嗎？妳要讓自己的女兒嫁給苫澤町的什麼酪農戶嗎？」

「你這種口氣對人家太失禮了吧？」

「妳該不會讓人家覺得有希望吧？」

「我才沒有。我只說我會問問我女兒。」

「這就叫做給人家希望。這種情況，妳應該當場拒絕說：不，我家女兒好像打算一直住在東京。」

「美奈應該也不打算回來吧。」

「那妳就拒絕啊。」

「我明天會傳簡訊給美奈，跟她說有人這麼問。」
「只會惹她生氣而已。」
恭子應該只是想要和女兒互傳簡訊吧。美奈有時候會長達兩個月都音訊全無。
「可是美奈也二十六了，也許想法有些改變了。」
「妳想要她回來嗎？」
「是不會啦。」
「少來了，和昌回來的時候，看妳高興成那樣。」
「兩年前我們不是去過東京嗎？理容公會的旅行。然後順道去美奈住的公寓坐坐，看到她那只有一個房間的住處，我的眼淚都快掉下來了。要是在這裡，就可以住更大的房子了。」
確實，當時兩人真是難過極了。美奈叫他們不用去，他們硬是上門拜訪，結果發現美奈住的是沒有對外開窗的狹小套房。

「就算是這樣，也用不著嫁給八木啊。美奈怎麼可能當什麼酪農戶的媳婦？只會吃苦而已。」

「聽說他們往後要開觀光牧場，好像在考慮多元化經營，販賣乳製品、開馬術學校什麼的。」

「那更不成了，怎麼可能順利嘛？沒看到那麼多失敗的前例嗎？」

「孩子的爸就是這樣，凡事悲觀。」

恭子起身，說要去洗澡，離開客廳了。

康彥忍不住情緒上來，一個人尷尬極了。他希望女兒能有個幸福的歸宿，但無論如何就是反對她嫁到人口外流地區。不過，一想到兒子的婚事，面臨到的問題完全就是相反的想法。

真是的，怎麼就這麼倒楣生在這種小鎮呢——？這是他從年輕時候就不斷嘀咕的心聲。

康彥躺到沙發上。外頭的蟋蟀今晚也熱鬧地鳴叫著。

3

大輔依舊不肯向大家介紹他的中國老婆。他們出沒的地點，好像只有家庭用品超市以及郵局。前些日子，恭子也在超市看見他們夫妻倆。看到他們的購物車裡堆積如山的紙尿布，她差點以為難道已經有孩子了？但馬上就猜到八成也是要寄回中國的。中國商品大半都粗製濫造，日本的家用品在那裡樣樣都是搶手貨。

恭子說，大輔看到她只輕點了一下頭，隨即匆匆離去。「總覺得像是在避著我，所以我也沒跟他打招呼。」恭子辯解道。

據老母聽到的消息，大輔的父母似乎也正為此傷腦筋。

「大輔的父母想要請親戚吃喜酒，但本人不願意。結果是公婆帶著媳婦，一戶戶只拜訪了親近的親戚而已。何必這樣費事呢……？咱們老人家也是，只要他帶著媳婦到銀髮學校的聚會露個臉，介紹一聲『這是我太太』就結了，大輔卻也不肯這麼做。」

康彥隱約能體會大輔的心情。大輔不希望別人干涉吧。

「附近街坊是野村太太帶著媳婦去介紹，但大輔沒有一起去。野村太太也在埋怨兒子，說都多大的人了，連打個招呼盡禮數都不會。」

「夏威夷蜜月旅行呢？」

「說要等到收穫結束才讓他們去，所以應該還要一陣子吧。」

「那大輔的太太怎麼樣？有沒有害思鄉病、會不會沒人聊天很寂寞？」

「完全沒有。」老母的手像雨刷似地在臉前晃著。「聽說她都用笨拙的日語上街買東西，在駕訓班也是，有不懂的事就抓著教練問，而且在家每天晚上都喝啤酒唱AKB的歌。」

「那太好了。」

康彥苦笑，也放下心來。這個中國媳婦似乎個性開朗，那麼，只要大輔敞開心房，一切都能圓滿解決吧。

就在這時，康彥在大黑小酒吧遇上了農協的職員。這個人叫井本，與大輔年紀相仿，有時會看到他們一起喝酒。瀨川剛好也在，他抓緊機會教訓起來：

「喂，井本啊，大輔都結婚了，農協怎麼一點動靜都沒有？照道理說，應該是農協要率先慶祝才對吧？」

聽到瀨川的責難，井本歉疚地搔了搔頭說：

「農協也很想慶祝啊。我們也想應援中國來的新娘，可是大輔就是不願意……。一開始以為他只是不好意思，可是列出日期和地點去問他，沒想到他橫眉豎目，罵我們不要多管閒事，才發現他是真的不願意。所以我們也覺得暫時先不要打擾他比較好……」

「生什麼氣啊？莫名其妙。這不是喜事嗎？」瀨川憤憤不平地說。

「不會，我們認識很久了，也大概瞭解他的心情啦……。而且為了結婚的事，大輔傷得滿深的……」

「農協的行政小姐甩了他那件事嗎？」

「你們知道？」

「這麼小的地方，每個人都知道吧。就連大輔小學五年級尿床的事，全町的人都知道。」

「所以也因為這樣，要是老婆是自己找到的也就罷了，結果是參加中國相親團，在那裡——說得難聽點，花錢買來一個老婆，這似乎傷了他的自尊心……。大輔從以前就有點好面子。」

「我們不曉得這些啦。年紀差了一輪以上嘛。」

「其實大輔很愛出鋒頭的。他以前是學生會長，在農家裡面也算是號領袖人物，以前在青年團的時候，也都率先主持各種活動。」井本帶著嘆息說。

確實如此。說到康彥心中對大輔的印象，是個開朗活潑、打扮時髦、總愛逗人發笑的領袖人物。然而他卻在不知不覺間變得陰氣沉沉。

「該怎麼說，自尊心愈高，一旦遇上挫折，傷得也就愈深……」

「只不過是被女生甩了一次，這像什麼話？像我，都不曉得失戀過幾百次了。」

「瀨川先生，不可以說那種沒神經的話。」媽媽桑從吧台裡斥道。

「大輔跟你們不一樣，人很纖細的。」

「就是啊，瀨川你家也有單身的陽一郎，你可別以為事不關己。」康彥也說。

「唔，也是啦……」瀨川聳了聳肩。

到了這時，康彥大致可以理解大輔的心情了。簡而言之，大輔這幾年來一直處在自尊心掃地的狀態。他曾經是年輕小夥子們的領袖，然而卻找不到結婚對象，愈來愈抬不起頭，在周圍的壓力下，無奈地跑到中國花錢仲介新娘。對他來說，這一點都不是喜事，旁人卻硬要慶祝的話，只會教他更無地自容。

不過就算是這樣，也不能放任下去。非得找到敞開心房的契機，否則大輔會愈來愈孤獨。

「對了，甩掉大輔的女人現在怎麼了？」媽媽桑問。

「跟化肥廠商的業務結了婚，現在住在札幌。祭典的時候會帶著孩子回來，大輔可能是不想見到她，絕對不會在祭典期間出門。」井本回答。

「這樣啊，原來是這麼回事。這的確教人難受。」

康彥深感同情。在這樣的小鎮，許多事情想躲都沒得躲。

「乾脆大夥一起殺去他家怎麼樣？『聽說你結婚了，快點把老婆介紹給我們！』只要這麼一次，其他都不必煩了。」瀨川嚼著魷魚絲說。

瀨川應該只是說笑，但康彥開始覺得這真是個好主意。

隔天康彥為了載上門理髮的老人回家，前往飛鳥地區。町裡有幾個已經不再開車的老人，來理髮的時候坐的是町內小巴，但許多時候回程沒有剛好的班次，這種時候康彥便會開車送他們。看著連腰都直不起來的老人在公車站等車，實在教人於心不忍，算是一點售後服務。

康彥載著客人行駛在農道上，看見大輔一個人在塑膠溫室並排的蘆筍田忙農活。這陣子從沒見過他跟農友們一起工作，康彥不禁擔心他有談天的對象嗎？也許是心理作用，他的背影看起來很落寞。

「大輔這陣子怎麼樣？」

康彥問顧客的老人，得到的回答卻是：「是啊，白天愈來愈短囉。」康彥想起老人重聽，放棄對話。

在送完老人的歸途上，這回跟大輔擦身而過了。大輔正在將農機具堆上小貨卡，車子剛好開過他旁邊。

駕駛中的康彥跟大輔對望了。康彥微笑，大輔也露出一口白牙，行了個禮。大輔原本是個質樸的男子，絕對不是難搞難相處的人，本性也很善良。康彥到現在都還記得大輔讀國中的時候替老人家拿東西，一起走上神社階梯的情景。

康彥把腳從油門移開，就要踩下煞車。是不是該停車聊一聊？聽說你結婚了？恭喜。町裡的大夥都想替你慶祝一下——

可是他鼓不起這個勇氣。萬一大輔擺臭臉給他看，下次上門理髮的時候就尷尬了。最重要的是，康彥覺得現在不應該打擾他。鄉下的缺點就是容不下個人主義。天真無邪的好意，會給人造成負擔。

夕陽照亮苫澤的田園。北海道的紅葉來得很早，再半個月過去，山林便會染成一片火紅，散發冬季的氣息。

對了，今年冬天，大輔將會和他新的家人一同度過。雖然不清楚中間有過什麼樣的經緯，但這無庸置疑是一樁好事。

康彥暫時把車子停到路肩，從後照鏡確定大輔變小的身影。他慢慢地倒車，開回溫室。

大輔回頭好奇怎麼了？康彥走下車子。周圍沒有人。雲雀在天空啼叫著。「大輔，今年的蘆筍收穫怎麼樣？」康彥擺出笑臉招呼走近。

「還不錯。氣候很好。」大輔把鋤頭放上車斗說。

「下次直接賣我吧。沒法出貨的、醜一點的就好。」

「這怎麼行？不必客氣，我挑些漂亮的送過去。」

開口一聊，大輔跟平常沒有兩樣。不過，他手上仍忙個不停，沒有面對康彥說話。

「啊，那個……」康彥決定開口。「大輔，聽說你結婚了，恭喜。」

大輔臉紅了一下，避開康彥的目光說：「啊，謝謝。」

「我想送你一點賀禮，你有沒有什麼想要的東西？冰箱、洗衣機可能沒辦法，不過餐具什麼的話，不用客氣。還是領帶怎麼樣？」

「領帶……又沒有機會用到。」

「那我再想想。」

「不用麻煩啦。」

「不必客氣，你是我們店裡的老顧客啊。啊，這樣好了，下次免費幫你理頭。」

「這太不好意思了啦……」

大輔準備跳上小貨卡。

「啊，等一下……」康彥決定趁這個機會說開來好了。即使自己不說，總是會有人說的。「青年團跟農協，大家都很想替你的婚事慶祝一番。大輔，你可以就答應下來嗎？」

「我……不用麻煩了。」大輔想了想，低聲回答。

「可是大家都想認識一下你太太，只要辦個宴會，在會場上介紹給大家，往後也比較好融入這裡，不是嗎？」

「到時候再說……」

「要是拖久了，會愈來愈難行動。或許你覺得難為情，不過忍耐一下，把太太介紹給大家就好了。」

聽到康彥的提議，大輔沉默了。他想了幾秒，頭一次轉向康彥說：

「大家都怎麼說？說我偏執還是意氣用事嗎？」

「沒有，沒有人說這種話。不過，因為你這陣子都不跟大家打交道，我們擔心你是怎麼了……」

「我又沒怎麼了。」表情沉了下去。

「這樣啊……。沒有啦，不好意思，這樣多管閒事。」康彥道歉說。

或許真的是多管閒事了。就算這是個小鎮，強迫別人交際，仍是蠻橫的行為。

康彥正要轉身，大輔出聲叫住他：

OPEN BOOK
悅 讀 趣

「渴望閃爍，卻又畏懼目光，
我們都是自相矛盾的星體。」

——《怕光的行星》

2022年10月號

作者｜狼焉　　定價｜360元

狼焉全新散文創作
關於Z世代的孤寂與遺憾

世界上沒有真正的感同身受，
只有自己知道為了發光，走了多遠、受了多少挫折。

首次關注
現折$10

悅知蝦皮商城　官網最新書訊　悅知最新動態

SYSTEX 精誠資訊｜dp 悅知文化 Delight Press

電話：02-2719-8811　傳真：02-2719-7980　客服信箱：cs@delightpress.com.tw
地址：105台北市松山區復興北路99號12F

「呃，那個，我也覺得自己不太對勁。有時候面對別人，就會呼吸困難……」

「這樣嗎？」

「嗯。臉會一下子燙得要命，全身拚命冒汗……」

「對不起，我都不知道。」

大輔突然向他坦白，讓康彥吃了一驚。

「不會，我沒有跟任何人說過。」

「好，我也不會告訴別人。」

「不，沒關係。大家知道了，不要來管我，我也比較輕鬆。」大輔揚起嘴角，試著勉強擠出微笑。

「不，也不能就這樣不管你……」康彥搖頭。「你要知道，苫澤這裡的人，每一個都把你當成家人看待。」

一段沉默。通知下午五點的警報聲乘風傳來。大輔帶著嘆息開口了說：

「這幾年我有點避免跟人打交道。我覺得原因在於我一直沒能討到老婆……。年輕的時候老神在在，覺得順其自然就一定能結婚，但實際上過了三十，身邊的人一個個結婚了，卻只有自己沒有對象，感覺就好像是因為自己沒用，忍不住焦急起來……。然後我爸催我，去了幾個類似婚姻介紹所的地方看看，結果，人家建議我要不要參加中國相親團……。說是那邊有很多年輕女人想要嫁來日本，從裡面挑一個就行了……。一開始我懷疑會不會是詐騙，有些提防，不過，聽說帶廣認識的農家娶了個中國新娘，處得很不錯，想說那就參加一次看看，提心吊膽地跑去中國相親了。然後到了大連的機場，有個中國人來接我，帶我坐上小巴士，巴士裡面坐滿了跟我一樣去相親的日本人，搞得我忍不住鬱悶起來……」

大輔自嘲地笑。康彥體察他的心情，僅是默默地附和。

「然後我被帶到飯店的相親會場，就像旅行團分房間那樣，被分到幾個女人……。也不是啦，過去那邊之前，有先看過照片跟資料，挑了三個女人，跟她們面談。可是時間一到，就會說『好，請換下一個』，而且旁邊就有別的人在相親，根本沒辦法靜下心來聊，暖氣也開得太強，我渾身冒汗，熱得暈頭轉向，糊里糊塗就這樣結束相親了。就算問我哪一個好，也根本沒法回答。再說，人家也有挑選的權利吧？可是都付了一大筆錢過去了，總不能空手而歸，所以我就從三個人當中挑了感覺最刻苦耐勞的一個，申請二次面談。隔了一個月，再去了一趟大連，見面、聊天，然後覺得應該可以吧……。老實說，我累死了，也不是說隨便怎樣都無所謂，只是想快點解決這件事，圖個輕鬆……。我怎麼把這麼丟臉的事情說出來了？真是的，我在講什麼啊？我跟向田先生平常沒什麼往來，所以比農協那些朋友更容易開口吧……」

大輔浮躁不安地眨著眼睛。

「沒關係啦，說給我聽吧。我不會跟別人講，連我老婆也不會說。你可以相信我。」康彥一本正經地說。他打算不管聽到什麼，都要藏在自己一個人心裡。

「嗯，謝謝……。然後再次確定條件，因為要是中國女方過來日本之後，才發現跟想的不一樣，那就麻煩了。有很多要確定的事，像是收入多少、一年可以休假幾天。去夏威夷蜜月旅行，也是女方開的條件之一。因為我也要對方提出健康診斷書，所以覺得算是公平吧……。可見日本人真的信用很好，起碼想要嫁給日本人的人數，跟韓國或俄國相比，是天差地遠。然後事情就這樣談妥了，可是對我來說，心底深處還是覺得很挫敗，對沒用的自己厭惡極了，所以才不想在大家面前露臉。我覺得應該也有人在背地裡笑我，說野村家的大輔居然跑去中國買新娘——」

「沒有人說這種話。怎麼可能有人這麼說呢？」

康彥當場否定。要是真的有人這麼說，他準備痛揍對方一頓。

「大家從以前就認識你，把你當成家人，只是在納悶你是怎麼了？上我這兒理髮的客人，每一個都這麼擔心。」

「這樣嗎？」

「真的啦。你應該更有自信一點。」康彥忍不住變成訓話的口氣。「我說大輔啊，或許你不願意，不過還是應該辦場喜宴，不必盛大，然後在宴席上好好地把老婆介紹給大家，這樣往後就不必麻煩了。只要忍耐兩個多小時，一切麻煩都沒了。」

「嗯……」

大輔垂頭沉默。康彥擔心自己是不是說得太過火了。

「唔，我是不會勉強你啦……」

「還是辦一下比較好嗎？我爸跟我媽也一直囉唆，說應該要介紹……」

「沒錯，辦吧、辦吧。」

「那就辦場小喜宴好了。我再跟農協的井本商量看看。」

「井本？不錯喔，他這個青年很不錯。我也會跟他說一聲。」

康彥鬆了一口氣。感覺大輔似乎敞開心房了。

夕陽下的大輔，看起來帥氣十足。雖然笑容仍舊有些生硬。

4

和昌帶回消息，說大輔願意把妻子介紹給大家了。

「青年團和農協的成員決定為中國來的新娘辦場歡迎會。」

聽說大輔還是面有難色，不想辦自己當主角的喜宴，因此，眾人提議既然如此，替太太辦個歡迎會如何？終於讓他點頭了。

「哦，其實是我去談的。」

和昌說了令人意外的話。

「團長還有農協的人說，最好是跟大輔哥無關的年輕人去說，他們跟大輔哥怎麼樣就是有一層前輩晚輩關係，怕他會客氣，所以我跟瀨川這些青年團的晚輩沒有預先通知，就直接去了大輔哥的家。」

「這樣喔？」康彥恍然大悟。原來如此，不清楚過去種種的人更適合當說客吧。

「然後星期五晚上，我們去了大輔哥的家，說聽說您結婚了，恭喜新婚，我們青年團想要舉辦慶祝會，可以請您出席嗎——」

「原來你會用敬語。」康彥說。

「不要打岔。我們正在問的時候，太太端茶出來，我們覺得直接跟她說比較快，便跟太太說了。」

「哦？然後呢？」

「哦，她開心得要命，說『我想要穿日本的結婚禮服』。」

「是嗎？」康彥大吃一驚。
他從來沒有想過大輔的妻子是個怎樣的人。出身中國荒村這樣的訊息，讓他一廂情願地認定那一定是個樸素內斂的女人。
「她說中國吉利的顏色是紅色，很少有白色的禮服，所以很想穿穿看。」
「那太好了。」
「他太太很健談，很好玩。大輔先生說『好了，妳進去裡面』，她還說『不可以排擠我的』。而且好像很喜歡喝酒，說『我最喜歡日本的啤酒，我這輩子第一次喝到這麼好喝的酒的』。」
「她真的一直『的的的』嗎？」康彥投以懷疑的眼神。
「真的有，不是我瞎掰的。」和昌瞪大眼睛說。「所以我也覺得很好玩，跟他太太聊了很多，她還端酒出來，結果我們坐了三個小時。對了，他太太名字叫ㄒㄧㄤˊㄌㄢˊ。不曉得字怎麼寫。」

這意外的發展，直教康彥驚奇不已。對於距離那樣遙遠的大輔，兒子們竟輕易地跳入他的世界，還和他太太打成了一片。

「然後我們回來跟團長還有農協的井本先生報告，大家說，那就以大輔先生的太太為主角來辦，再轉達給大輔先生，他太太ㄒㄧㄤˊ ㄉㄢ又出來說『要辦、要辦，太開心的』——。大輔先生形同被他太太逼著，無奈地點頭答應——。最後決定下下週的星期日中午借用町民活動中心的會議室來辦。」

「是喔。這真是大功一件呢。」

康彥忽然覺得和昌能幹極了。兒子在不知不覺間變成了大人。

「沒什麼，我只是傳個話而已。」

父親覺得很感動，兒子卻一點都不把這件事情當成什麼。大輔的心情，年輕人果然無法想像吧。

「所以到時候爸也要出席。」

「嗯，當然囉。對了，你替我跟大輔說一聲，叫他前一天來我這裡理個頭，算他免費。」

「好。」

和昌開心地吹著口哨跑回自己的房間。康彥目送著他的背影，心裡頭有說不出的欣慰。我兒子意外地幹得很好。看他這樣子，應該可以靠自己討到老婆。

大輔的事也是。或許有些多管閒事，但為了往後著想，正式向大夥介紹一下還是比較好。

康彥配合著蟋蟀的叫聲，也吹起口哨來。

大輔要宴客的消息一眨眼便傳遍整個町。也許是因為缺乏娛樂，每個人都想要找理由相聚。向田理髮店的客人個個都想參加，每個人都向他提起這件事。主辦的農協和青年團採取的是繳交參加費就可自由入場的方式，因此，連無關的老人家都嚷嚷著「我也要去」。

此外，町裡的旅館同業公會也自告奮勇。近年有許多中國團客前往北海道，但因為札幌的飯店很貴，有愈來愈多的旅行團改到巴士二小時車程外的苫澤來過夜。這些飯店都想要中國員工，因此對大輔的老婆表示興趣。飯店社長等幾名員工也聲明要參加。

如此一來，町公所也說要把它當成一個跨國婚姻的成功案例對內外宣傳，由町長輔佐佐佐木擔任主賓致詞。

康彥擔心起來：

「喂，和昌，沒問題嗎？怎麼變得這麼誇張？大輔不是想要辦個小聚會就好了嗎？」

「你跟我說也沒用啊。我們本來要辦的是自己人的歡迎會，可是町公所跟商工會的大人物跑來指揮這指揮那的，不知不覺就變成這麼大的活動了。嗳，有什麼關係？總比沒人參加要來得好。」

和昌很悠哉。連恭子都說想趁此機會買新衣。

「因為只有這種時候才有機會打扮啊。」

每個家庭應該都半斤八兩。感覺整個町都興奮極了。

歡迎會前一天，大輔到店裡來理髮。也不能不提歡迎會的事，當康彥說「就是明天了呢」，結果大輔無精打采地回答：「大家好像都要來。」

「是嗎？我們家是要去，其他人怎麼樣就不曉得了。」

康彥裝傻說。他覺得如果知道場子會很熱鬧，或許大輔會打退堂鼓。

「本來是借用町民活動中心的小會議室，不知道什麼時候換成了大場地。向田先生，你有聽說有幾個人要來嗎？」

「我沒有聽說欸。噯，這樣不是很好嗎？都是認識的人嘛。」

「我倒是想要低調點。」

「忍耐個兩小時就過去了啦。町裡的人只是想喝酒，結束後你快快回去就成了。」

「也是啦……」

大輔坐立難安地眨著眼睛。那動作幾乎像是抽搐了。

歡迎會當天的星期日萬里無雲，空氣一片清澈，而且涼爽。早上甚至需要開暖氣。

向田理髮店這天只有上午營業。康彥也想在宴會中和大夥喝酒。康彥也穿上了西裝。恭子特地跑去札幌買了一套過份年輕的亮色套裝，順帶買了粉紅色的領帶給康彥，康彥不甚情願地繫上。

和昌也不曉得是相隔幾年穿上正式服裝，連老母都穿了和服。簡而言之，眾人只是想要一個盛裝打扮的理由吧。

上午來到會場的町民活動中心一看，已經有許多町民聚在這裡，氣氛熱鬧到只差沒放煙火。約網球場大的會場上排出桌椅，牆邊準備了自助式餐點。正面是階梯式禮台，上頭掛了條橫布幕：「恭賀野村大輔先生與香蘭小姐新婚」。

康彥不禁擔心起來。大輔看了絕對會排斥的。

「喂，這不會太誇張了嗎？」他問正在準備音響器材的和昌。

「是上頭的人指示的，我們沒法做主。」和昌的表情就像在說：

「你有意見嗎？」

「大輔看到了嗎？」

「哦，他剛才在這裡，現在應該在休息室吧。」

康彥擔心地前往走廊深處的休息室，結果看見幹事井本等人聚在那裡，表情僵硬。

「井本，怎麼了？大輔人呢？」

「啊，向田先生。大輔不見了。」

「什麼？」

「他說要去廁所，離開後就不見了。」

「怎麼回事？」

「不曉得。不過他看到會場，知道有多少人會來，便臉色一僵，說這跟他聽說的不一樣。我們勸他，大家替你慶祝，你就奉陪一下，他就不說話了。然後說要去廁所，人就這樣不見了。」

「我去找。」

「好。他不在活動中心裡。」

這時幾名青年團的年輕人跑來報告：

「大輔先生的車子不見了。」

在場每一個人臉都綠了。

「新娘呢？」康彥問。

「新娘在別的休息室。她在練習唱歌，說要為大家表演日本歌曲。」

「怎麼辦？萬一新郎落跑，事情就大條了。」

「總之，分頭去找吧。農協的人去找大輔家跟附近，青年團的人沿著公車路線找到國道。不要跟客人說，也不要告訴新娘，就這裡這幾個人去找。和昌待在這裡負責連絡。」

康彥下達指示，眾人立刻四散。康彥在空蕩蕩的休息室坐下。果然還是太多事了嗎——？大輔的行動教人目瞪口呆，但他更覺得同情。大輔的精神狀況現在非常脆弱。這是對村落社會人際關係的排斥症狀。如果在大都市，可以不受任何人干涉活下去，但是鄉下不存在這樣的選項。

這時瀨川出現了：

「喂，出了什麼事？大輔人呢？」

「哦。沒有啦，沒什麼。」

「別瞞我了，我看見年輕人驚慌失措地衝出去。新郎落跑了嗎？」

瀨川表情猙獰地逼問。

康彥覺得這事瞞不過瀨川，只好坦白告訴他。

「白痴啊？又不是拒絕上學的國中生。都四十好幾的大男人了，到底在想什麼？」

「不要怪大輔啦。對普通人來說沒什麼的事，對他卻是難以負荷啊。」

「我也去找他。」

「去哪找？」

「當然是溫室啦。那傢伙從小就這樣，每次挨爸媽罵，就跑去溫室躲起來。」瀨川轉身要走。

「啊，那我也去。」康彥追了上去。

來到走廊的時候，遇上了恭子。

「欸，大輔呢？新娘已經準備好了。」

恭子渾身香水味。

「啊，呃，新郎把襯衫弄髒了，回家換一下衣服。我們過去看看，妳叫大家再等一下。」

康彥情急之下撒了謊，兩人慌慌張張地離開活動中心。大門處，連孩子都聚在一塊兒，熱鬧地玩了起來。

坐上瀨川駕駛的小貨卡衝過農道，來到大輔的田，大輔的車子果真就停在溫室後頭。只看得到車屁股，看來是真心想躲，康彥心痛起來。

「看吧，就像我說的。」瀨川氣勢洶洶地說。

「瀨川，不要動怒。大輔現在精神非常脆弱，你要溫柔、要溫柔。」康彥安撫說。

瀨川一臉怒容地停下車，粗魯地甩上車門，大步走進溫室裡。康彥後悔跟來。老實說，他不想參與這件事。他不想看到老友抓狂的樣子。

「喂！大輔！你在嗎！」瀨川扯開嗓門大叫，大輔從茂密的葉間探出頭來。

「你在做什麼？大家都在等你。」

「我有點擔心蘆筍。今天早上氣溫很低。」

大輔生硬地微笑說。那牽強的理由反倒教人心疼。

「或許你不願意，不過就奉陪大家一下吧。會來這麼多人，表示大家就是這麼喜歡你啊。」

大輔又躲進草叢裡了。沒有回應。瀨川左右歪了歪頭，停頓了一拍繼續說：

「我也曾經覺得，真希望自己生在大都市裡。在苫澤，根本沒有人在講隱私或客氣的。大夥從小就認識，想要帥都沒辦法。只要出過一次糗，一輩子都要被拿來取笑，所以也只能死心認命了。大輔，你要放棄務農嗎？不想吧？你要離開苦澤嗎？不想吧？既然如此，也只能老著臉皮豁出去啦。大夥都是泡在同一座池子裡，喝著同一窪水過活。這就是苦澤。你只能泡在裡頭，不要再堅持什麼，讓自己變得跟其他人一樣，這樣就能活得輕鬆了。」

大輔忽然從眼前的草叢冒了出來。

「哇！嚇我一跳。幹嘛嚇人啊？」瀨川整個人後仰。

「對不起。我這就回去。」大輔平靜地說。「我只是想靜一下而已。」

「這樣啊。那就回去吧。」

瀨川滿臉堆笑，拍打大輔的肩膀。康彥有點傻住了。他本來還嚇得要命，擔心萬一兩人發生激烈的爭執該怎麼辦？

不管怎麼樣，感覺會圓滿落幕。康彥放下心來，打手機給和昌：

「找到大輔了。我們這就回去。」

「啊，太好了。那我通知出去找的人。」

「客人怎麼樣？有沒有等太久不耐煩？」

「大家已經自顧自喝起來了。還開了卡拉ＯＫ，一群大嬸在唱歌。」

電話另一頭傳來歌聲。

「新娘呢？」

「香蘭也跟著一起唱。」

「什麼？」

「哦，她這人就是這樣啦。已經跟大家混得很熟了。」

康彥一陣虛脫。看來大輔從中國娶來的新娘子，是個非常豪爽的大姐。

回到活動中心一看，大夥真的開起卡拉ＯＫ大會來了。飯店社長和町長輔佐佐佐木也一臉醉紅地拍手應和。新娘和年輕太太們一起跳舞。

「喂，怎麼這麼慢啊，新郎！」

看到大輔進來，男人們立刻斥責。當然不是真心的斥責。

「快點致詞啦！」

「對啊，要不然都沒辦法正式開始。」

卡拉OK停了。大輔走到台上。眾人的目光聚集上去。康彥緊張得就像那是他自己的兒子。和昌把麥克風遞給大輔。

「呃，那個，今、今今今天……」大輔口吃了。

「啊？聽不到啦！」有人大聲說。

「是你太吵啦！安靜點！」瀨川喝道。

會場頓時鴉雀無聲。

「呃，感、感感謝大家，今今、今天百忙之中，前前、前來參加。」

大輔的聲音微微顫抖。康彥比他更想逃離現場。

「這次我、我我野村大輔，和新新新、新娘香蘭結為夫妻……」

太太們推推新娘，她走上台和大輔並站在一起。

「喲！小倆口！」

青年團有人起鬨，爆出一陣笑聲和掌聲。

「所以，呃、那個，往後也請大家多多指教。」大輔低頭行禮。

「怎麼，只有這樣喔？」某個老人家不滿地說。

「簡潔俐落好啊，還是你想聽又臭又長的？」

瀨川回嘴道，會場一陣爆笑。

「呃，那我再多說一點……」

大輔重新拿起麥克風。

「我一直到了四十歲都還沒有娶親，害大家擔心了，不過，今天我終於像這樣成家了。我想大家都知道了，妻子是從中國來的。她願意嫁到完全陌生的異國來，我很尊敬她的決心和勇氣。所以為了回報妻子的決心，我呃……」

大輔哽住了。

「要讓人家幸福對吧！」瀨川說。

「是的，我會讓她幸福。」

掌聲響徹整個會場，康彥鼻頭一酸。

小酒吧

1

町公所後面舊電影院旁邊的空地開了家新的小酒吧。苫澤町這個人口外流地區幾乎看不到新店開張，即使在向田康彥的記憶中，也是這十年來從來沒有的事。

老闆娘是名叫三橋早苗的四十二歲女人，聽到這名字，康彥立刻就知道她是誰了：噢，三橋家的早苗啊。記得她比自己小一輪，高中一畢業就去了札幌工作，後來怎麼樣就不曉得了。從來沒看過她返鄉，康彥家和三橋家也沒什麼交情，因此也沒聽說她的消息，甚至完全沒有想起過這個人。然而，她卻突然返鄉開店了。

「喏，三橋家的先生過世了，只剩下太太一個人，好像是為了照顧母親才回來的。」

加油站老闆瀨川捎來情報說。

「聽說在札幌結了婚，過沒多久就離婚了，後來一個人生活。她還有個哥哥，不過哥哥去了仙台，在那裡成家。三橋太太說她不想離開苫澤，所以才變成女兒回來。」

瀨川坐在向田理髮店的沙發，自個兒倒茶喝了起來。

「這樣喔？不過開小酒吧喔？真意外。這種沒人的地方，店撐得下去嗎？」康彥說。

就連他們常去的叫大黑的小酒吧，都因為客人太少，每週只營業三天。

「我哪曉得？不過那個叫早苗的，應該是有這方面的經驗吧。」

「是嗎？」

「你想想，外行人怎麼可能會突然想開小酒吧？如果是在札幌當粉領族，就算回來這裡，應該也會找行政工作吧。」

瀨川的話說服了康彥。換句話說，早苗以前在札幌，做的也是酒家工作。

「那你去捧場了嗎？」

「不，我還沒，不過我家陽一郎說他去過了。因為是頂讓的店，裡面好像是原本的裝潢。喏，那裡以前是一家叫『綠』的店，後來店倒了，就這樣擱了五年，吧台和椅子好像都是沿用原來的。然後媽媽桑好像很漂亮。唔，二十四歲的年輕人對年過四十的女人應該沒興趣，不過，跟大黑的祖母級媽媽桑比起來，起碼是鮮花比枯枝，哈哈哈！」

康彥試著回想起讀高中時的早苗。她算是很乖的孩子，康彥對她的印象只有很樸素。

「我想大黑的媽媽桑內心一定暗潮洶湧。畢竟多了個生意對手嘛。」瀨川開心地搖晃肩膀說。「之前對客人都那樣不假辭色，現在讓她慌一慌也好。」

「唔，也是。」

「阿康，要不要今晚過去早苗的店看看？三橋家從以前就是我家客戶，我也會送煤油過去，就順便打聲招呼吧。」

「是啊，去看看好了。」康彥答應說。

這是個什麼都沒有的小鎮，有點變化總是好的。再說，聽說媽媽桑是個美人，沒道理不去瞧瞧。

當天晚飯後，康彥跟瀨川一起去了那家叫「早苗」的店，約可容納十人的吧台座已經坐滿了。因為鄰近町公所，客人大半似乎都是下班後的職員。也有幾張認識的臉孔，正忘情地唱著卡拉OK。

「你們怎麼搞的？已經變成熟客啦？一看到女人就這副德行，我要去跟你們老媽告狀。」

瀨川揶揄說，年輕的公所職員說：「我們去坐桌子好了。」把吧台讓給兩人。

「歡迎光臨。」

媽媽桑親切地招呼。看上去與康彥認識的早苗判若兩人。應該也是因為化妝的緣故，完全看不出過去的面容。而且一看就知道是酒家小姐。起碼那神態舉止，不是最近才開始幹這行的。

環顧店內，裝潢確實老舊，但打掃得很乾淨，感覺頗舒適。新貼的紅色壁紙應該是媽媽桑的喜好。

「媽媽桑是三橋家的早苗嗎？妳還認得我們嗎？」瀨川用端出來的毛巾擦臉說。

「不好意思，我跟大家幾十年不見了，沒一個認得的。」早苗抱歉地以東京標準腔說。

「那當然認不出來啦。就算是我們，在路上擦身而過，也認不出是早苗吧。」康彥伸出援手說。

「我是開加油站的瀨川，他是理髮店的阿康。」

瀨川說，努努下巴，結果早苗雙手掩口，睜圓了眼睛尖叫：「騙人！是瀨川叔叔跟向田叔叔？」

「我們兩個都已經是不折不扣、五十好幾的中年大叔了。還看得出以前的樣子嗎？」

「這麼說來，也是看得出來。我讀高中的時候，兩位都已經結婚繼承家業了。」

「嗯，是啊。妳跟我們年紀差了一輪，所以也沒機會說上什麼話。」康彥答道。

「可是我還記得哥哥去理頭髮的時候，我都在向田叔叔的店裡看漫畫。」

「對啊對啊，那時候妳才讀小學嘛。早苗總是跟在哥哥後面跑。」

一聊起從前，距離一下子拉近了。不過，年紀實在相差太遠，沒有一起遊玩的記憶，只能聊些表面的話題，像是鎮上曾經有過的電影院、從前的秋季祭典有神轎互撞活動等等。

感覺往後還會繼續光顧，為此兩人寄了酒。早苗開心地扭身。

重新一端詳，早苗並不到美女的地步。五官傳統，眼睛也很小。卻有股妖豔的風韻，頗為誘人。

而且是鎮上沒有的類型。她全身上下散發出來的氛圍都在說：「我這一路走來，就是『女人』的人生」。

「對了，早苗，妳之前都在札幌做什麼？」瀨川問。

幹嘛劈頭就問這種問題？康彥蹙眉。瀨川有時候非常沒神經，人家搞不好有不想提起的過去啊。

「跟現在一樣，在酒家上班。」

不過，早苗眉頭不皺一下，明朗地回答。

「一開始是當粉領族，後來結婚暫時辭掉工作，然後離了婚，心想自己還年輕，就去了東京——」

「真的假的?妳去了東京?」瀨川誇張地驚訝說。

「嗯,在東京待了十年左右。我在赤坂的俱樂部當小姐,在那裡認識的前輩小姐是札幌人,她挖角我時說:『我要回去故鄉,在薄野開店,妳要不要一起來?』所以我便跟著她回來,在那裡當小媽媽桑。」

「原來是這樣啊。難怪這麼熟練。赤坂啊,真厲害,我從來沒去過。」瀨川讚嘆佩服說。

聽到赤坂,康彥更覺得早苗脫俗洗練了。原來早苗曾經在東京的黃金地段招待過一流顧客。

「早苗,妳長得很像女星田中裕子呢。」瀨川說。

聽他這麼一說,確實有點像。

「真的嗎?哎唷,好開心!」早苗雙手捧頰高興地說。

「田中裕子是誰啊?」町公所的年輕職員在旁邊問。

「你們居然不知道田中裕子?人家是知名女星耶。對了,是歌星澤田研二的老婆。」

「澤田研二是誰？」

不像在開玩笑。康彥、瀨川和早苗三人對望，放聲大笑：難怪我們也老了。

「麥克風借我一下，我來唱一首。」

瀨川好興致地抓起麥克風，用卡拉OK唱了澤田研二的歌。年輕人在一旁喝采不絕，康彥也在旁邊跟著一起唱。

後來不斷地有客人上門。雖說也是因為新店開張，新鮮新奇，不過生意實在興隆。因為不好意思久坐，康彥和瀨川坐了兩個小時左右便打道回府。

叫的計程車到了以後，早苗還特地走出吧台，送他們到門外。這是大黑的媽媽桑絕對不可能有的專業待客之道。

「謝謝惠顧，歡迎再來。」她雙手扶膝，深深行禮。看看她的全身，早苗身形苗條，纖腰彷彿一摟就斷。

哎呀，好一把年紀的歐吉桑在想什麼？——康彥用醉醺醺的腦袋對自己打諢說。仔細想想，在苫澤開了家這麼有魅力的小酒吧，本身就是久違的壯舉，也難怪眾人會如此興奮。

「早苗真是個很棒的媽媽桑。」

瀨川完全拜倒在早苗的石榴裙下了。

康彥回家後，把早苗店裡的情形告訴妻子恭子，恭子臉色沉了一下，警告說：「你可不要因為媽媽桑漂亮，就成天泡酒家。」

「怎麼，妳吃醋了？」康彥苦笑。

「怎麼可能？你少臭美了。人家是做生意，才跟你柔情密意，你可別當真了。」

「妳認識早苗嗎？」

「認識啊。我嫁來這裡的時候，早苗還是個綁兩根辮子的國中生。婦女會辦義賣的時候，她媽媽都會帶她來幫忙。」

「這樣喔。那她回來之後妳看過她嗎？」

「嗯，看過。上星期我去山縣的中央醫院定期健檢的時候，看到她陪三橋太太一起去。喏，三橋太太膝蓋不好嘛。那個時候我跟她打了一下招呼。」

「她完全變了個人。」

「是啊。如果不是跟三橋太太在一起，我肯定認不出來。」

「可是她這個女兒實在孝順，居然願意為了照顧母親，回到這樣的荒僻小鎮。」

聽到康彥敬佩地說，恭子停頓了片刻，冷漠地答道：「是有什麼理由吧。」

「什麼意思？」

「一定有什麼內情。要不然有誰會只為了照顧父母，就回來這種人口外流地區啊？」

恭子的指摘令康彥赫然一驚。確實，早苗那樣的風韻，埋沒在鄉下實在太可惜了。做為一個女人，四十二歲這個年齡有些微妙，但看在五十多歲的康彥眼裡，仍是徐娘半老。

「喂，妳聽說早苗的什麼事是嗎？」

「不，沒聽說。別人的閒事，最好別胡亂打聽。」恭子噘起嘴唇，微微頂出下巴說。

「唔，也是啦。」

確實，正因為是小地方，更需要多方顧慮。對於鎮上的人際關係，也有些祕密康彥一直深藏在心底。

當晚他夢見了早苗。也許是因為妻子那席話，他夢見早苗求他當保人。同時這也是個春夢。因為夢裡早苗對他施展美人計——夢裡的康彥沉浸在溫柔鄉，因此絕不能說是個惡夢。

2

早苗的店生意似乎一直很興隆。兒子和昌說他也跟青年團的朋友去光顧，店裡座無虛席。

「連町長輔佐佐木先生都在，用卡拉OK唱南方之星。」

似乎變成町公所職員的御用酒吧了。

康彥決定問問年輕人的意見做為參考：

「你們覺得早苗媽媽桑怎麼樣？」

「什麼怎麼樣？」

「很性感，還是很歐巴桑？」

「不會歐巴桑啦。跟大黑的媽媽桑比起來，簡直天壤之別。」

「是這樣沒錯，可是我說你啊，這話可別在外頭說。」

「才不會咧，我還有這點常識好嗎？嗳，要是可以再雇個二十幾歲的小姐就更好了。苫澤的酒吧沒半個年輕小姐，每一個都是歐巴桑。」

和昌對早苗個人似乎不感興趣。就像瀨川說的，對二十多歲的年輕人來說，年過四十的女人，根本不在他們的視線範圍內。

「不過，沒想到連佐佐木先生都成了客人。早苗已經成為全町最火紅的店了。」

康彥佩服地兀自嘀咕說，結果和昌說：「瀨川叔叔也來囉。他很晚出現，坐在角落一個人喝酒。」

「不是陽一郎，是他爸？」

「對。跟媽媽桑開心地有說有笑。」

康彥內心直翻白眼。平常的話，每次喝酒瀨川都一定死纏爛打地揪著康彥一起去，沒想到現在居然一個人光顧？

「啊，糟了，瀨川叔叔叫我不要跟你說他去了早苗。」和昌急忙板起臉說。

「那我就當做沒聽到吧。」

「拜託囉。」

既然會想瞞，表示瀨川自己也覺得難為情吧。都幾歲的人了，還這樣沖昏頭。

這天老同學的電器行老闆谷口修一到店裡來理髮。

「嗨，阿修，生意怎麼樣？」

「不要明知故問。不好也不壞，苫澤町就是這個樣。」谷口吟詩似地說。

「啊，對了，阿修，你去過新開的小酒吧了嗎？」

「呃，去過一次吧……。怎麼了嗎？」

「哈哈，馬上跑去嚐鮮啦？沒有啦，大家都在說，苫澤來了個美女媽媽桑。」

「小鎮開新店，怎麼可能不去看看？」谷口表情有些不自然地說。

「你從以前就認識媽媽桑早苗嗎？你們跟三橋家沒有打過交道吧？」

「嗯，是不認識。媽媽桑笑說不認識才好。還說碰上老同學上門喝酒，招呼起來實在很尷尬。」

「說的也是。」

康彥立刻著手理髮。恭子從屋內出來招呼，端出熱毛巾遞給谷口。

「上午我在婦女會的聚會遇到敦子。」恭子說。

敦子是谷口的老婆。

「聽說你最近成天到處喝酒？敦子埋怨得很凶喔，說老公天天出門喝酒。」

因為兩家人都認識，恭子有些玩笑地說。

「谷口也是去早苗對吧？每一家的太太都氣呼呼的，說自從早苗開了以後，苦澤的男人每到了晚上就不安於室。」

「不，我只是偶爾才去。」谷口焦急地反駁說。

康彥憋著笑。剛才谷口說去過一次，其實根本去了好幾次。

「瀨川太太也在抱怨。說不光是酒錢，計程車錢也不是鬧著玩的，以後要叫他用走的過去。」

「對啊，瀨川才是常客。他應該每晚都去吧？」谷口說。

「既然你會知道，表示你也幾乎天天都去囉？」

康彥這麼調侃，谷口有些生氣地辯解：「我是聽人說的」。

「町公所的人說，大家花錢，有經濟流動，對苦澤町也是件好事。不過，自己的老公沉迷於酒家女，太太們內心可不平靜。」

「我又沒有沉迷。反正晚上沒事幹，與其窩在家裡看電視，出門找人聊聊不是更好嗎？」谷口不必要地辯白說。

恭子返回屋內後，這回谷口開始揭露起瀨川在早苗的各種行狀。

「沉迷於酒家女的是瀨川好嗎？他把吧台最角落的座位當成自己的老位置，動不動就招手叫媽媽桑過去，兩個人交頭接耳，看了感覺實在很差。瀨川從以前就有點這樣，愛講悄悄話。」

「也不是悄悄話，是卡拉OK太吵了吧？」

「不，不是那樣。他對媽媽桑有意思。而且他在那裡寄了竹鶴威士忌呢。一看就知道，是要寄店裡最貴的酒，來引起媽媽桑的關心。」

「他寄了竹鶴？太大手筆了吧？」

「就是說吧，明明在大黑只喝便宜的BLACK NIKKA，到了早苗卻一下子寄竹鶴？大家看了都啞口無言。瀨川太太會抱怨也是當然的。」

谷口愈說愈認真。

康彥覺得好笑，差點脫口說出：「你自己不是也對人家有意思」，但還是按捺下來附和。

「要我說的話，町公所的觀光課長也很不像話。他居然招來旅館公會的人一起去，讓他們在媽媽桑面前對他逢迎拍馬屁，自以為哪來的大人物。」

「觀光課長？你說櫻井嗎？」

「對對對，我每次去，他都一定在店裡，而且好像還是公會埋單呢。這根本是收賄吧？」

「算嗎？」康彥聳了聳肩。

看來苫澤有不少男人為早苗情迷意亂，而且全是同一所國中畢業、有家室的男人。

另一方面，康彥也感到一抹不安：難不成這小小的鄉鎮，男人們即將為了爭奪早苗而展開廝殺？就康彥知道的範圍內，苫澤從沒發生過這類桃色糾紛。雖然也是因為極少有外地人進來，即使想要發展風流韻事，也沒有對象。

「我覺得櫻井最危險。他有前科，曾經對觀光飯店的女員工毛手毛腳。」谷口不爽地說。

「喂，那是滑雪場還在的二十年前的事了吧？」

「狗改不了吃屎啊。下次你去聽聽那傢伙對媽媽桑說話的口氣，那根本是小孩子撒嬌的聲音，在旁邊聽著，我都替他可恥起來了。」

後來谷口也不停地說櫻井的壞話。康彥苦笑著聆聽，之後谷口可能也覺得自己未免認真過頭，裝出漠不關心的樣子，張大鼻孔說：「不過噯，這些事跟我無關啦。」

平常谷口來店內只會理髮理容，今天卻說：「偶爾也該讓阿康賺一下」，說要敷臉。這是谷口的美容初體驗。

康彥開始覺得這些同齡的五十多歲阿伯們實在可愛。

谷口回去以後，這回換瀨川上門了。瀨川不是來理髮，而是一如往常，消磨時間。因為沒客人，所以康彥泡了茶陪他聊天。

「聽說後山的獨居老人總算搬進町營住宅了。大夥都鬆了一口氣，說這下地區小巴的路線可以縮短，省下不少汽油。」

「這樣啊。町公所和民生委員也省了不少事呢。」

聊完這些後，康彥忽然想問問瀨川對早苗的看法，開口道：

「對了，瀨川，聽說你每天晚上都去早苗喝酒？」

結果瀨川臉色乍變，氣沖沖地問：「是誰這樣亂講？」

「聽說你太太在婦女會的聚會上抱怨。還有阿修也跟我說了。」

「谷口修一小朋友？哈！他還真敢講，明明每天晚上光顧的是他自己。」聽到谷口的名字，瀨川嗤之以鼻。「阿康，你知道嗎？阿修那傢伙居然帶了燈具目錄上門，說什麼店裡的燈光應該再浪漫一點，他可以施工費算便宜些。鄉下酒吧需要什麼浪漫？人家才剛開店，哪有這樣要人多花錢的。阿修說那種話，全是為了吸引媽媽桑的注意。」

「這樣啊。可是熱心拉生意不是很好嗎？」因為總不能不應聲，康彥嘴上替谷口說話。

「就說他別有用心了。」

「嗯，唔，也是啦。」

「比起這個，我覺得更糟糕的是，阿修那傢伙居然騎自行車去喝酒耶。也許是捨不得計程車錢，可是就算是騎自行車，喝酒騎車，一樣也是酒駕啊。他又不是不知道。他還真是勤勞，路上積雪都還沒消，卻願意騎上二十分鐘的自行車去喝酒。我一直想跟警察檢舉他哩。」

「不要這樣啦。他又不是喝得爛醉騎車。」

「就是酒駕啦，酒駕。」瀨川的舌頭愈來愈毒了。

谷口是兩人自小認識的好哥兒們，不管是打高爾夫還是唱卡拉OK，總是少不了彼此，然而，瀨川卻不留情面地把谷口損到這種地步。康彥後悔提起早苗的話題。

苦澤的男人們，恐怕有幾個已經被早苗迷得神魂顛倒，躍躍欲試了。而且他們因為毫無免疫力，不知道該如何自處。就跟情竇初開的國中生沒兩樣。

這也是人口流失地區獨有的人間群像。站在康彥的立場，也只能默默守望。

店內公休的時候，康彥因為假日要做木工需要一些工具，一個人前往鄰町的家庭用品中心。他拿了些板子和五金放進購物車，前往收銀台時，發現早苗在通道另一邊。早苗仰望著貨架，似乎正在挑選收納盒。

和夜間不同，臉上僅略施淡妝，頭髮也只是在後腦綁成一束。看上去有些淒苦，就好像困窘、或是憂愁。早苗是為了什麼理由而回來苦澤的——？

看著那張側臉，連康彥都不禁胸口為之一緊。他究竟有多久沒有意識到異性了？即使試著回想，記憶中甚至連個頭緒也沒有。俗話都說世界狹小，指的就像這樣，心動的人就在身邊嗎？

康彥正猶豫是不是該打聲招呼，這時，三橋太太從貨架後面走了出來。原來她不是一個人，似乎是帶母親來買東西。兩人討論起該買哪一樣好。那孝順的模樣也令人感動。

康彥覺得出聲打擾太可惜，好半晌看得出神。

3

週日下午，町民中心舉辦了民謠歌唱秀。這是町公所和旅館公會每年舉辦的定期活動，會邀請幾名職業民謠歌手登台演出。買票的多半是老人，表演本身就類似一種敬老活動。康彥的老母富子每年都很期待這場表演，所以康彥下午臨時公休，帶老母去參加。平常他都是開車接送而已，但今年自己也買了票，進入會場。因為他內心一隅期待，早苗是否也會帶著她的母親來參加？店裡的早苗雖然美豔動人，但白天的她更為楚楚可人。

抵達活動中心後，他看見瀨川在門口東張西望。

「嗨，瀨川，你也送你媽來嗎？」

康彥出聲招呼，瀨川僵硬地笑，甩甩門票說：「沒有啦，今天我也想來看表演。」

「那我也來買個現場票看一下好了。反正兩小時而已。」

康彥要老母先進去，裝作臨時起意說。

「什麼？你不用顧店嗎？」

「等下傳簡訊跟我老婆說今天臨時公休。反正也沒人預約。」

「不不不，也有臨時想理頭的客人吧？你得待在店裡才行啊。」

瀨川也許是嫌康彥礙事，想要把他趕回去。態度有些疏遠。這時谷口帶著母親來了。

他看見康彥和瀨川，露出尷尬的表情走過來，明明沒人問，卻辯解似地說：「路上還有積雪，我擔心我媽，所以送她過來。」

「這樣。那回程我送阿姨回家好了。反正我會留到最後。」康彥說。

「不用，其實我有預售票，也要一起看。我媽不小心多買了一張，我覺得偶爾聽聽民謠也不錯，哈哈哈。」

谷口說著，坐立不安地四下張望。看來每個人心裡打的算盤都一樣。

距離開場還有時間，三人移師吸菸區抽菸。對話有一搭沒一搭。三個人都在注意門口出現的人影，視線頻頻朝那裡瞄。

如此一來，康彥漸漸地想跟他們畫清界線了。自己來到這裡，只是抱著能看到早苗算他幸運的心情，可沒他們那麼強烈的企圖心。

五分鐘左右，早苗帶著母親一起現身了。沒有撲空，康彥鬆了一口氣。早苗並未盛裝打扮，而是日常衣著。白色羽絨外套、牛仔褲配長靴，很簡單的搭配，不過光是這樣，在町民之間就已顯得鶴立雞群。若要說氣場懾人是誇張了，但那副姿態散發出一種華美。

三人都往那裡看，但也許是彼此牽制，沒有人肯離開。早苗的母親發現朋友，寒暄起來，早苗陪在一旁。

「三橋太太沒拄拐杖，看來膝蓋狀況還不錯。」康彥不提早苗，而是聊起她的母親。

「好像買了紅外線治療器在家裡照。」谷口說。

「是喔？」康彥聽著，卻不爽地想：你怎麼會知道？瀨川的臉色也差不多難看。

「差不多該進去了吧。」

康彥不想再跟他們混一起，一個人進了會場。全場自由座，老母和朋友坐在前排。康彥坐在較遠的後排。他本來就對表演沒興趣，八成看到一半就會睡著。

不一會兒，早苗帶著母親進來了。她注意到康彥的視線，笑著頷首。康彥也笑著回應。心頭一陣暖洋洋。光是這樣，他今天已經得償所願了。

早苗母女坐在大約前面第五排的中央處，康彥剛好可以從斜後方看見早苗的部分表情。感覺這兩個小時不會無聊了。

康彥尋找瀨川的人影，他坐在康彥另一邊的後排。這傢伙也打算從斜後方偷看早苗嗎？真是個膚淺可悲的中年老伯——康彥撇開自己這麼想。然後谷口坐在康彥後面一排。

「幹嘛坐我後面啦？」康彥回頭抗議。「我愛坐哪都行吧？」谷口抗辯，不肯移動。這樣就不能偷瞄早苗了。不管他看哪裡，都會被後面的谷口發現。

這未免太可笑了——。康彥告誡自己。他們幾個在這種地方明爭暗鬥也不能如何，三個人都是有家室的平凡五十歲阿伯了。

康彥沒辦法，深深地坐進椅子閉起眼睛。他決定不要再繼續想早苗了。他不想把自己的水準拉低到瀨川和谷口的程度。

民謠表演期間，有一半時間康彥都在打盹，但每次醒來，眼神便自然地往早苗的側臉飄。那柔和的臉部線條教人著迷。然後，他立刻想起谷口就在身後，又閉上眼睛。

歌謠表演結束後，在大廳準備了甜酒招待聽眾。老母和幾個老年好友閒聊起來，康彥沒辦法，在一旁等著，發現町公所的觀光課長櫻井正在附近向早苗搭訕。

「早苗，怎麼樣？聽得還愉快嗎？」

原來如此，就像谷口說的，那聲音撒嬌得可怕，連聽的人都要噁心起來。谷口也許是想妨礙他們聊天，從旁插口說：

「喂，觀光課長，這麼多人開車來聽，卻只有甜酒可以喝，是怎麼回事？你這人真的從小就不機靈。最起碼也該招待個咖啡吧？」

完全是瞧不起人的口氣。櫻井臉色乍變，不服輸地回嘴說：「館內有自動販賣機，要喝咖啡不會自己買嗎？你從以前就這麼一毛不拔。」

「你說誰一毛不拔？你新居落成，我還包了一萬圓給你欸。明明你只包了五千圓給我。」

「又提這件事。你家是擴建，所以我斟酌少包一點罷了，有夠會計較的。」

兩人開始幼稚地對嗆。康彥在一旁看了都覺得窩囊，催促老母回家。

「啊，向田先生。」這時，早苗叫了他的名字。

「嗯，什麼事？」回頭一看，早苗的臉就在眼前。

「這樣拜託實在有點厚臉皮，如果請向田先生幫忙買理髮剪，可以拿到便宜一點的價錢嗎？」

「嗯，可以啊。妳要理髮剪做什麼？」

「其實我想替我媽剪頭髮。我媽年紀大了，沒那麼需要上美容院，而且可以省點錢。然後理髮剪不是到處都有賣……」

「啊，這樣啊。小事一樁。」

早苗有求於他，讓康彥一下子沉浸在幸福中。這一趟過來實在是太值得了。

「真不好意思。最便宜的剪刀就行了。」

「好，那我跟打薄剪一起訂給妳。」

「阿康，才兩把剪刀，你是不會送給人家喔？」瀨川從旁邊多事地插嘴。

「不行不行，我用買的。」早苗慌張地搖頭。

「別客氣啦。向田理髮店因為沒有競爭對手，都是賺取暴利。」瀨川擺擺手調侃說。

康彥不高興了：

「你怎麼這麼說話？我們店有加入同業公會，理髮收費是公定價好嗎？」

「這表示你們聯合哄抬。這個社會應該要自由競爭才對，難道我說的不對嗎？」

「那你們家的汽油跟煤油又怎麼說？山縣的加油站更便宜。」

「去到那裡不是更花油錢嗎？」

「所以你才是利用這一點賺取暴利吧？」

康彥和瀨川也拌起嘴來了。簡直像小孩子。早苗一臉不知所措，悄悄離開了。

康彥目送早苗和母親走出活動中心的背影。早苗曼妙的外形，氣質果然異於一般。他再次體認到，男人們會爭相討好她也是難怪。

看著早苗，康彥忽然發現一件事。町裡的女人，沒有一個向早苗打招呼。町民活動中心不光是老人家，也有不少三、四十歲的女人，卻沒有人靠近早苗。至少康彥沒看到半個人。是不方便打招呼，還是對她敬而遠之？這表示町裡的女人不歡迎這個突然返鄉、別有隱情的妙齡女郎？

康彥忽然想像起早苗的孤獨。她有朋友嗎？

回家後，康彥因為好奇，問了一下恭子：

「三橋家的早苗沒有加入町裡的婦女會嗎？」

「嗯，沒有。不過，婦女會都是已婚婦女。」恭子邊看電視邊點頭。

「有這樣的規定嗎？」

「是沒有，就以往的慣例，都是結婚成了主婦後，才加入婦女會。」恭子吃著蜜柑答道。

「邀請她加入怎麼樣？她今天完全沒有跟任何一個女人交談耶。妳們可不能這樣排擠人家啊。」

「是啊……」

康彥本以為恭子會否定，沒想到她轉向這裡，表情沉鬱。

「我也覺得應該邀她加入，可是……」

「什麼意思？難道有人反對嗎？」

「嗯，其實有人反對。」

「誰？」

「唔……」恭子噘起下唇低吟。「我不想說名字，有幾個人說不希望酒家女進來。」

「這是偏見吧？這麼小的城鎮，人家好不容易回到出生的故鄉，卻因為做酒家生意就不讓人家參加——」

竟然會有這樣的排擠情況，令康彥很吃驚，並且義憤填膺。

「可是，如果早苗說她想加入也就罷了，但她也沒有申請入會啊……」

「這種事就得主動邀請呀。人家怎麼好開口要求加入呢？」

「唔，也是啦。」

「對了，反對的是哪些人？總不會是瀨川還是阿修的太太說那種話吧？」

「不是、不是。是跟早苗差不多年紀，比我們年輕的。」

「什麼意思？既然年紀相近，不是應該要跟她處得最好嗎？」

「我大概可以理解啦。」

恭子聳聳肩，帶著嘆息說。

「她們應該是看到自己的老公神魂顛倒的樣子，心裡不痛快吧。老公每天晚上都上酒家找媽媽桑，她們會起防心也是難怪。」

聽到這話，康彥也稍微能夠理解。簡而言之，就是怕老公偷吃吧。稍具規模的小鎮姑且不論，可是這是苫澤耶，實在不可能發生這種事。過去也發生過已婚男女的外遇騷動，但這在小鎮裡不可能瞞得住，事情曝光後，兩個人都離開了。人口外流地區的不倫戀情，可不是逢場作戲就能算了的。這一點大夥應該都很清楚。

「不會是想太多了吧？」康彥說。

「我也這麼想。可是實際目睹老公們那副豬哥樣，內心怎麼可能平靜？」

「可是啊，要是說這種話，町長輔佐佐佐木先生上任的時候又怎麼說？霞關的年輕菁英官員居然空降這樣的偏鄉，女人們瘋狂到跟什麼似的，還說他又高又帥。人家明明有家室，女人們卻個個發花痴，我記得連妳都送了情人節巧克力給他。」

康彥想起來了。佐佐木來町裡到任的時候，每一個女人都突然浮躁起來，沒事找理由上町公所，偷看坐在辦公區最裡面的佐佐木。

「那時候男人們心裡都恨得牙癢癢的。像瀨川，他是自治會長，卻因為不爽佐佐木，聚會的時候故意不找他。」

「佐佐木先生是町裡從來沒見過的類型，所以大家才會一時為他著迷罷了啦。」恭子有些臉紅地辯解。

「那，早苗也是一樣啊。」

「嗯……或許吧。」

恭子或許是稍微想通了，「嗯」地點點頭。康彥自己也覺得似乎解開了一個謎。苫澤太少有人進出，才會對新來的人過度意識吧。早苗雖然是苫澤人，但現在的身分等於是外來者。

「妳就找個機會，邀早苗加入婦女會吧。她一定會很高興的。」

「好，不過要再等一陣子。她現在是話題人物，大夥心胸都變狹窄了。」

「什麼話題？」

「說她可能在札幌亂搞過很多事，比方說，返鄉是為了逃離男人，或是逃債。聽說有人看到不是町民的男人來找早苗。當然，都是些不負責任的流言，我也覺得裡頭帶有惡意。」

「妳們就不能對人家好一點嗎？早苗又沒做什麼傷天害理的事。」

「嗯，就是說啊，我知道了。」

恭子看起來反省了。康彥內心對早苗的感情轉化成了同情。追根究柢，都是瀨川他們色欲薰心不對——雖然這又是不思自我反省的看法。

康彥訂的理髮剪到了，他送去早苗的店裡，打算順便喝一杯。仔細想想，這是他第二次上早苗的店。之前因為聽說瀨川和谷口會去，反而教人不想光顧了。

晚上七點多過去一看，還沒有半個客人，他是第一個。一想到店裡只有兩個人，康彥有些緊張。化了妝的早苗果然性感。

他把剪刀交給早苗，收了錢，拿出梳子做為贈禮，她便說「第一杯請讓我請客」，開了小瓶啤酒。

「妳也喝吧。」

「謝謝，那我就奉陪一杯。」

兩人乾杯。甜美的情緒再次湧上心頭。

「苫澤的生活習慣了嗎？很無聊，對吧？」

「不會，沒這回事。大家都很照顧這家店，我做得很開心。」

「有沒有遇上什麼困難？」

「沒有，一切都很好。」

這時店門開了，一名四十左右的男子把頭探進來，說：「那我回去了」，旋即把門關上。雖然只瞥見一眼，不過是個頗為帥俊的男子。

早苗對康彥說：「失陪一下」，走出吧台，追上男子。

原來如此，這就是「來找早苗的男人」啊？從印象來看，不像是親戚或工作上認識的人。照一般來想，兩人看起來像是情侶。這突來的訊息令康彥一時反應不過來，但他並不覺得震驚。早苗即使有男友，也是天經地義的事。

約莫五分鐘後，早苗回來了。她說了聲：「不好意思」，替他斟滿啤酒。

「剛才那是誰？」康彥覺得不問反而不自然。

「嗯，認識的朋友。」早苗別開目光回答。這樣康彥就懂了。

康彥心裡也有些鬆了一口氣。這下自己的妄想也會煙消霧散了吧。雖然或許兩人的關係有些隱情，但既然早苗已經有男人，自己也不會再痴心妄想了。

康彥和早苗一對一喝著，這時瀨川來了。

「咦？阿康，你避人耳目在這裡做什麼！」他大聲責怪說。

「我送早苗訂的剪刀來給她啦。」康彥苦笑回答。

「早苗，妳要小心，別看阿康這樣，他其實是個大色胚。都說密室會把人變成狼，他有沒有亂摸妳屁股？」

「怎麼可能——」早苗掩嘴咯咯笑。

這時，谷口和公司的員工一起上門了。他一看到康彥等人，便皺起眉頭說「又是這夥人」，在桌位坐下。店裡頓時熱鬧起來。

康彥打算向瀨川和谷口隱瞞早苗似乎已有對象的事。反正是不可能實現的戀情，起碼讓他們做點美夢，否則苫澤的冬季實在太無聊了。

小酒吧早苗今晚也生意興隆。

4

康彥光顧早苗的店約十天後，苫澤町出了一件大事。聽說電器行老闆谷口跟人打架了。對方是農協一個四十五歲的職員。似乎是谷口先動手的，好像害對方摔倒，額頭撞出傷來。

聽到這消息時，康彥一時難以置信，覺得是搞錯人了。因為谷口雖然沒口德，性情卻很平和，從來不曾與人爭執。

「怎麼回事？出了什麼事？」

康彥問瀨川，瀨川提供他知道的訊息：

「消防團辦聚會，大概五個人一起去吃飯，後來去大黑喝酒，這時團員發生爭吵，阿修動手打人的樣子。」

「我有點不相信，阿修怎麼可能打人？」

「我也有同感。一定是有什麼天大的理由吧。」

「那受傷的人怎麼樣了？」

「對方是飛鳥地區一個姓村田的，年紀跟我們差了十歲，我們不太認識，好像就是個普通人。然後阿修也不肯跟人家道歉，對方似乎怒氣難消，說要去醫院開診斷書，告他傷害，正為了這件事在鬧。警方也很為難，畢竟這是個小鎮，好像正在設法說服雙方和解。」

「這一點都不像阿修。」

「就是啊，他在警察面前說，治療費他可以出，但是要他道歉，門都沒有，所以愈鬧愈擰了。」

「原因是什麼？若不知道原因，想要調解都沒辦法。」

「就是啊。可是雙方都不肯說。」

「當時在場的其他人呢？」

「大家都說不知道。我是覺得他們是故意隱瞞啦。」

「不想被別人知道嗎？」

「對。我去問也沒用，阿康你去問問看吧。不是我在慫恿，不過遇上這種事，就數阿康你最有辦法。你嘴巴牢靠，又不會說人壞話。副署長也說，能不能請向田先生出面當個和事佬？喏，拜託了，阿康。」

「好，我去問問。」

連警察都拜託了，康彥不可能拒絕。

「我懷疑理由可能是為了早苗。」瀨川補了這麼一句，教人在意。「聽說大黑的媽媽桑說，他們在爭吵的時候，有提到早苗的名字。」

「這樣啊。」

康彥想像起來。兩人都對早苗有意思，會不會是彼此較勁，結果演變成爭吵？若是這樣，實在沒臉告訴別人，也會要旁人保密。

不管怎麼樣，也只能勸諫先動手打人的谷口。總之先見面談談再說吧。

康彥在理髮店公休日拜訪谷口的自家兼店面，發現谷口眼周烏青地在整理傳票。那模樣實在有些滑稽。

「阿修，你還真是年輕氣盛。聽說你跟人家大幹一場？」

康彥笑著試探，但谷口臭著一張臉，只瞥了他一眼，連話也不應。

「怎麼會跟人家打起來了？其實，他們託我來當和事佬。警方也希望事情能和平落幕。如果你叫我保密，我是不會告訴任何人的。」

「那你去問農協的村田。我不想說，他一個人說就行了。」谷口決絕地說。

如此說來，爭執的原因很明確。

「我又不認識村田。別固執了，告訴我吧。」

「不要。」

「你們都是消防團的，不快點和好，旁人也很為難啊。」

「關我屁事。」谷口很頑固。

康彥說：「我聽說，原因難不成是早苗？」谷口聞言臉色大變，加重了語氣回說：「我不曉得，我什麼都不會說」，撇過頭去。

演變成這樣，追問不休反倒危險。康彥沒轍，決定暫時撤退。

接著，他不是去找受害人村田，而是拜訪據說在場的其他年輕消防團團員。這個人是工務店的兒子，也是理髮店的客人，康彥從他小時候就認識。康彥說明狀況，說這絕對不能鬧成刑案，拜託對方協助和解。年輕團員一開始支吾其詞，一副兩邊都不想得罪的態度，但康彥低頭懇求，最後他還是屈服了，說出爭吵的原因。

「那天晚上開完會後，一開始我們是去早苗，但是客滿沒位置，所以只好換去大黑喝酒，然後聊到早苗媽媽桑，村田開始說起什麼早苗媽媽桑是他國高中小一屆的學妹，從以前就很會勾引男人……。還說早苗媽媽桑的第一個男人是他同學的足球隊隊員，結果，副團長的臉色愈來愈難看……」

副團長是谷口。
「村田甚至說，早苗媽媽桑在札幌的時候在薄野當泡泡浴女郎，他有朋友給她服務過，我們這些年輕人也不負責任地瞎起鬨，說那我們也去給她服務一下，可是人家都是四十好幾的歐巴桑了，實在硬不起來，結果副團長的臉一下子漲紅，大聲吼道：『喂，村田，你再不閉嘴，我饒不了你！』村田一開始愣住，可是副團長巴了他的頭一掌，他就站起來開罵：『你幹嘛！』接著兩人便扭打起來……」
得知事情經緯，康彥深深嘆息。如果是這種情形，谷口會動怒也是理所當然。因為康彥也火冒三丈起來。如果自己在場，或許也會做出跟谷口一樣的事。換做是瀨川，毫無疑問早就賞對方一拳了。
他也能理解為何谷口不肯吐露爭吵的原因。要他說出口都嫌噁心，而且他擔心會讓流言傳開來。
「我說你們，比起打架的事，說這種話，不覺得對早苗媽媽桑很抱歉嗎？這根本是無憑無據的流言吧？」康彥義憤填膺地說教。

康彥自己也不願意相信如此荒誕的流言。他不想追查，也不想讓早苗知道。

「對不起，我也在反省了。」年輕團員縮得小小的。

查明爭吵的原因後，康彥去找副署長。小鎮警察每一個人都認識。康彥沒有說出早苗的名字，只說谷口因為朋友被人侮辱，才會動怒。當然，就算有正當理由，也不是就不必追究傷人的事，康彥任意編了一套話告訴副署長，說谷口對此深自反省，打算隔一段時間再去向村田道歉。

「那道歉的事，可千萬拜託了。咱們警方是希望嚴重警告一下就算了。」

副署長看起來也鬆了一口氣。

康彥決定交由時間來解決。過去也發生過幾次町民反目的事，每一次都是交由時間解決了問題。彼此會冷靜下來，鳴金收兵。有一半也像是算了、不計較了。畢竟在這裡過日子，總不能永遠不碰面，只好在適當的時機和解。挨揍的村田也不是真心要告谷口，一段時間以後應該就會原諒他了。

康彥隱瞞了副署長，但是把真相告訴了瀨川。這也是為了谷口的名譽著想。要是瀨川以為谷口是為了爭奪早苗媽媽桑才跟人打架，谷口就太委屈了，因為實際上不僅不是如此，谷口的行為還完全是出於騎士精神呢。

「這是村田不對。居然向人亂說這種話，這傢伙不可原諒！」瀨川聽了也對那不負責任的傳聞憤憤不平。「阿康，你該不會去向早苗確定這件事吧？」

「誰會幹這種事啊？那肯定是胡說八道，我會一輩子放在心裡。」

「嗯，這樣才對。我也放在我的心裡。」

兩人在理髮店的沙發上喝著茶，彼此點頭。

「可是，看來阿修的相思病是認真的吶。差不多也該讓他冷靜一下，否則就危險了。」瀨川搖晃肩膀笑著說。

「你自個兒不是也半斤八兩？」

「我？我才不是哩。我是看早苗難得回來苫澤，想要給她加油打氣，才會經常上門光顧而已。」瀨川生氣地反駁說。

瀨川見康彥只是笑，用食指抹了抹人中，承認了一部分說：「唔，多少也是有點自作多情啦」。

「只是短暫的娛樂啦。在人口外流的小鎮，老是同一批人過日子，就會漸漸痲木，忘了許多感情。為女人動情也是其中之一。早苗的返鄉，勾起了幾乎都快忘個精光的感情，大夥都是。阿修、櫻井，當然我也是，都老大不小的阿伯了，事到如今根本不可能拋下家裡的黃臉婆投奔年輕女人。再說，就算這麼做，也沒有哪個女人對你看得上眼。這些大夥都明白，幾年一次，出現外頭來的刺激，大夥興奮忘情，暫時浸淫在幸福的時光裡，然後再回到平凡毫無刺激的日常，不就是這麼回事嗎？」

瀨川看著遠方訥訥地說。看到老友意外地理智，康彥放下心來。這也算是成熟的智慧吧。

瀨川的話也很有道理。

「這事我只跟你說，早苗好像有男人。」康彥說。

「真的嗎？」

「嗯，之前我看到的。一個大概四十歲的帥哥，雖然不曉得是做什麼的，不過，人看起來很不錯。」

「是喔。我想也是。早苗那麼有魅力，怎麼可能沒有對象。」

瀨川沉默了半晌。他在嘆氣，然後站起來說：「果然是個有祕密的女人啊」。

「阿康，這件事最好再對阿修跟櫻井保密一陣子。」

瀨川穿上夾克，戴上帽子，準備回去。

「為什麼？」

「再讓他們為愛煩惱一陣子吧。畢竟下回為愛瘋狂會是何時，還真是不曉得哩。」

「說這種話，其實是你想要觀察他們兩個取樂吧？」

「哈哈，這也不賴喔。」

瀨川發出寂寞的笑聲回去了。康彥隔著結露模糊的窗玻璃目送。

康彥收拾茶杯，決定回住處休息。店裡大半都是預約客，幾乎不會有人臨時上門理髮。所以今天應該不會有人上門了。

為了省電，他把暖氣也關了。店裡變得愈發寂靜了。

紅雪

1

電影劇組即將進駐冬季的苫澤町。町公所的地區振興課長年邀請電視劇及電影劇組前來拍片，終於有一部電影決定以苫澤町做為舞台。不是知名電影公司，導演的名字也沒聽過，但一得知主演女星是大原涼子，整個町都沸騰起來。大原涼子是當紅女星，曾經主演過NHK的長篇歷史電視劇，年紀約三十後半，正處在女人的巔峰時期。就連已經對演藝圈完全陌生的向田康彥，也知道大原涼子是誰，而且還是她的粉絲。尤其是她拍的電視廣告，冰鎮啤酒等待丈夫回家的妻子角色，總是讓他色咪咪地看得目不轉睛。電影劇組帶著這名巨星，就要前來這座人口外流的小鎮了。

這項豐碩的成果，讓地區振興課課長藤原得意洋洋，成天抓著町民炫耀自己的功勞。這天他來理髮的時候，沒人問他，他也自個兒對著康彥說起這次邀請劇組的過程有多辛苦。

「阿康，我跟你說，電影導演對一些非常小的細節真的特別講究。導演說車站建築物太新，問我有沒有老車站？怎麼可能有呢？沒辦法，我只好帶他去舊煤礦坑的貨物線調車場，結果導演立刻開心起來——。每件事都是這樣，什麼電線會妨礙山的背景、山坡上的小屋很礙眼，能不能拆掉？嗳，都是些任性的要求，搞得奉陪的我頭大極了。而且從住宿到找便當供應商，全都要我安排妥貼，才總算決定要在這裡拍片。」

「哇，真的很辛苦呢。」

藤原從以前就愛誇大其詞，康彥還是附和他。畢竟藤原這次確實立下了大功。

「然後對方要配合拍片地點，重寫劇本呢。尋找拍片場地、畫分鏡，這些工作我也要參與。而且我還有指導方言的任務。每天晚上都加班到好晚，我都快過勞死了。」

「怎麼，藤原你幾乎就是劇組的一分子了嘛。」

「就是啊。我的名字以協力製作人的名義列在企劃書上。雖然我是無酬義工啦。」藤原埋怨著，但心裡似乎頗為得意。「不過，電影的經濟效益很驚人呢。總共六十名的工作人員要在這裡住宿兩星期，旅館公會的會長開心到都快掉眼淚了。而且他們應該每天晚上都會喝酒，這部分的營收也可以期待。公車站前的咖啡廳老闆娘說，只讓大黑跟早苗賺錢實在教人不甘心，所以她們也會在拍片期間的晚上供應酒品，但沒有向保健所申請許可，請大家睜隻眼閉隻眼——。哪有這麼方便的事，啊哈哈。」

「好久沒有這種賺錢的機會，大家都想分杯羹嘛。可惜，我這兒是理髮店，賺不到他們的錢。對了，是要拍什麼電影？我聽說好像是懸疑片？」

康彥問，藤原語塞了一下：

「嗯，唔，說是懸疑片也算是懸疑片吧。總之，劇情不是三言兩語可以說明清楚的。」

那口氣有些支吾其詞。

「你沒看到腳本嗎？」

「嗯，唔，看是有看，可是老實說，我看不太懂。畢竟是藝術家寫出來的東西嘛。」

「片名叫什麼？」

「呃，好像叫《紅雪》。重點是大原涼子啦。只要是大原涼子主演，肯定會是話題大作啊。苫澤也是，據說會直接使用這個町名，所以苫澤也會一躍成為全國知名的電影聖地。」

「啊，是啊。」

結果對於電影內容，藤原沒有提到任何具體細節。既然是懸疑片，表示會發生某些案子嗎？身為當地人，希望那會是一部賺人熱淚的感動大片，但也不能如此奢求。光是成為電影舞台，對人口外流地區來說，就是破天荒的壯舉了。

藤原回去以後，接著加油站的瀨川來補給煤油了。他就像平常那樣進來，自個兒泡茶休息。

「剛才地區振興課的藤原來過。」康彥說。

瀨川喝了一口茶，嗤之以鼻說：「反正他又在吹牛了吧？」

「這是他當課長之後的第一樁大任務，應該卯足了全力。」

「是嗎？藤原從以前就個性優柔寡斷、被人牽著鼻子走。再說，有劇組來拍片是很好，但聽說是描寫連環殺人的電影，太可怕了吧？只會搞壞苫澤的形象吧？」

「是嗎？連環殺人片喔？」

康彥忍不住蹙眉。所以藤原才不願啟齒嗎？

「而且聽說還有激情床戲，至少不會是部闔家觀賞的電影。」

「是喔？我聽說是大原涼子主演，還一廂情願地以為會是浪漫電影呢。」

「大家都這麼想。町長一開始也很開心，結果看了企劃書後，對劇情面有難色。不過，町長輔佐佐佐木先生卻說：『不，這劇情很有意思，就算是獵奇殺人的故事，只要是好作品，就應該爭取。』東大畢業的菁英官員都這麼說了，町長也不好再說什麼。然後，藤原便興沖沖地說那他來一手包辦，事情就這麼決定了。藤原從住宿到訂便當，大小事全攬在身上，商工同業公會對他巴結得不得了，所以他也神氣兮兮、不可一世了起來。」

「大家都有錢賺，是件好事。雖然跟我們理髮廳沒關係啦。」

「我們也沒得賺。頂多就劇組巴士來加個一次油吧。而且，町裡能暫時熱鬧一下，我是很歡迎啦。畢竟是大原涼子要來嘛。等於是在寒冬裡開起了櫻花呢。」

苫澤差不多快進入被大雪埋沒的季節了。一進入十二月，平均氣溫就會降到零度以下，降下來的雪不會融化，而是不斷堆積。如此一來，整個町便會陷入寂靜，平靜無事的日子一路持續到春天。電影劇組是個值得感謝的變化。

「對了，和昌都還順利嗎？」瀨川問。

「嗯，應該吧。連電話都很少打回家。」康彥回答。

兒子和昌依照計畫，從春天開始離家去札幌念理容學校。一開始每個月回家一次，但盂蘭盆節後，連一次都沒有回來。應該是在那邊交了一同出遊的朋友吧。他還年輕，這是當然的。

「沒消息就是好消息。」

「嗯，是啊。」

康彥應聲，也喝起茶來。和昌離家後，整個家裡變得一片安靜。今年冬天，鐽雪也得夫妻倆自個兒努力了。

瀨川回去以後，外頭開始飄起雪來。看得到地面的日子所剩不多了。

星期六傍晚，町民活動中心舉辦了電影拍片說明會。因為需要町民協助，以及徵求臨時演員，因此召集居民。康彥也提早打烊參加。機會難得，他也想參與一下拍片工作。

電影製作人從東京前來，首先致詞：

「各位苫澤町的民眾，非常感謝大家歡迎敝公司的電影《紅雪》劇組。雖然這是一部低成本電影，但我們擁有新星作家的傑出腳本，以及主演的大原涼子小姐願意不計片酬參與演出。她非常熱切期待演出這部電影。希望苫澤町的各位居民與我們攜手合作，讓這部電影成功。」

製作人說完，深深行禮。製作人是個中年男子，外貌一副典型電影人樣子，留著長髮，戴著淡色墨鏡，服裝也上下一身黑。

劈頭就聽到「低成本」三個字，町民似乎有些傻住，但苦澤町本來就不可能成為什麼億萬鉅片的舞台，康彥認為這就是現實，倒也不以為意。

「此外，有幾幕希望町民擔任臨時演員入鏡。每一幕需要的臨演不同，有興趣的人，請連絡町公所的地區振興課。其中有些臨演角色會有台詞，需要經過簡單的試鏡。還請大家多多幫忙。」

聽到有台詞，現場有些騷動起來。底下座位傳出各種聲音：「我要報名」、「我也要我也要」。

接著藤原拿起麥克風：

「我是地區振興課的藤原。製作人在東京還有工作，接下來直到開拍，都由我擔任業務窗口。這是苦澤町第一次成為電影舞台，而且是在冬季開拍，應該能為旅館及餐飲業帶來淡季裡意外的經濟效益。如今回想，最初動念邀請劇組前來拍片，已經是十幾年前的事。當時我在影視圈毫無門路，製作宣傳小冊子出差去東京，到處拜訪電影公司。那時候的我就像個推銷員——」

「喂，課長，你是要開始演講嗎？」瀨川噓道，會場哄堂大笑。

「我們知道你很努力，不過，先說說我們可以幹嘛啦。」

藤原苦笑，用投影機將日程表投射到螢幕，開始說明：

「拍片地點主要是野田池的町營住宅周邊一帶。拍片期間，周圍會進行交通管制，請聽從副導演的指示。不過，其中有一天有飛車追逐，到時會關掉紅綠燈，所以警方會進行管制。」

「哇，飛車追逐耶！」年輕人都興奮極了。

「呃，說是飛車追逐，但這並不是動作片，請不要過度期待。」製作人立刻插口。

「拍片期間，公民館會充當器材保管處，因此這段期間，銀髮學校的活動必須暫停。需要町民協助的地方，有一幕是約十座雪屋並排，小孩子在那裡嬉戲，我們想請青年團和國中生協助製作這些雪屋。另外，這要視情況而定，但希望消防團幫忙拍片地點的鏟雪工作。」

藤原繼續說明。既然是拍片，即使是低成本，也要鄭重其事。好像還會在十字路口蓋一間派出所的布景什麼的，還有車子從懸崖墜落的場面。聽到這些，任何人都會想親眼看看。

「接下來，我要說明最重要的臨時演員徵求條件。有書面資料，請從前排依序傳下去。要徵求的臨演有：圖書館場景需三十人、居酒屋場景需二十人、公車站場景需五人……」

需要臨演的場景相當多。這與在都市拍片不同，在偏僻的苫澤，只能在當地找臨演吧。另外，臨演沒有酬勞。想想為町裡帶來的經濟效益，沒有町民為此埋怨。

電影需要幾名有台詞的臨演，也有康彥似乎可以應徵的角色。五金行的老闆會跟演員互動，康彥想要演一下做為紀念。每一個町民看起來都摩拳擦掌的。老母富子不曉得在想什麼，連她都說要參加發現屍體嚇軟腿的老太婆角色試鏡。

康彥和來參加說明會的鎮上年輕人聊過之後，發現主演男星似乎也頗有名氣。

「伊藤梭爾是現在正嶄露頭角的年輕演員。喏，他最近跟歌手波雪特M結婚了。」

「他們是哪國人啊？」

康彥一頭霧水。不過，從札幌到苫澤來教書的二十多歲國中老師說：「看到演員陣容，很可以期待」，令他好奇。

「次文化系的新生代演員都到齊了。所以由主流演員大原涼子主演，令人意外。一定能引發話題。」

「是喔，這樣喔。」

康彥不太懂，既然能引起年輕人的興趣，選角應該很不錯。五十多歲的康彥等人老早就被社會流行給拋下，也不會想要去瞭解。

「叔叔，和昌說他要參加電影試鏡。他下個週末會回來。」瀨川的兒子陽一郎過來攀談說。

「是嗎？他都不打電話回家的。」

「我們都用ＬＩＮＥ連絡。他對電影超有興趣的。他說十二月學校也很閒，會趕回來參加拍片。還有山口跟由美，那些去了札幌的朋友都要回來。」

「這樣啊。熱鬧總是好事。」

原來如此，這就是爭取成為拍片舞台的效果嗎？康彥恍然大悟。即使只是暫時的，但整個町都會熱鬧起來。人們會在平靜無事的寒冬齊聚一堂。

「沒有跟大原涼子演對手戲的臨演角色嗎？」

瀨川厚臉皮地說，引來全場笑聲。光是這樣的時刻，也是鎮上寶貴的娛樂。

2

一星期過去，鎮上開始準備迎接劇組。各地區透過傳閱板告知拍片日程，讓所有的町民瞭解當天預定在哪裡拍片。雖然上面寫著「請盡可能改道通行」，意思就好像是說「你們會妨礙拍片，不要靠近」，而不是「歡迎參觀」，但這根本是反效果。町民怎麼可能不去湊熱鬧？

這段期間有幾次大雪，苫澤町一如往年，變成了銀色世界。雪景是拍片的絕對條件，因此藤原如釋重負。

藤原似乎為了住宿和便當分配遇上了問題。旅館公會的會長來到康彥的店裡，憤憤不平地說：

「站在我的立場，演員全部都住在苫澤飯店，我無話可說，可是，劇組人員怎麼能不分給寶來旅館跟松濤館呢？這叫我的面子往哪裡擺？」

電影公司似乎希望把工作人員盡量集中在一處。考慮到移動和連絡的方便性，這也是理所當然的安排。

「哪有現在才在自私地說什麼距離很遠，只住一個地方的？這明明是一開始就知道的事，而且邀請拍片的條件，就是住宿安排交給咱們，也就是看我們方便吧？我也是為了配合對方預算，下了一番工夫研究的。」

「那現在怎麼辦？」

「我叫藤原課長去溝通，叫他們照我們的安排做。還有，劇組便當也出了問題。一開始說好讓住宿的旅館輪流準備，但現在餐飲公會吵著應該分一半給他們，而藤原課長居然答應了。向田先生，你說說，這像話嗎？」

「站在餐飲店的立場，也是可以理解他們想要爭取的心情……」

「可是，哪有現在才變卦的？而且劇組已跟旅館說不確定當天什麼時候會拍完，所以不需要晚餐，而餐飲業就可以拿到這些晚餐生意啊。這樣分配不就很好嗎？幹嘛連中午的便當也要跟旅館搶呢？」

康彥窮於回答，默默地要笑不笑。

「我覺得藤原課長辦事真的很糟糕。跟每個地方講的話都不一樣，這樣當然會造成混亂。」

「唔，想要對每個人公平，就會遇上很多問題吧。」

「咦？向田先生，你這是在替他說話？」

「也不是這樣，藤原也是第一次辦這種差事，難免焦頭爛額吧。」

「才不是呢，那個課長神氣兮兮的，說什麼我是協力製作人，你們都要聽我的。」會長挺胸擺出傲慢的姿勢模仿說。

看到會長這樣子，康彥也同情起藤原來了。藤原只有工作量爆增，又沒有加班費或津貼可拿。

「總之我就是不爽。住宿分配是公會的事，我絕對不允許餐飲店提供便當！」

「呃，是喔……」

「簡而言之，現在藤原課長大權在握了。說他是官吏作風，確實是很官吏啦，哼。」

公會會長憤恨地冷哼一聲回去了。

在裡頭聽見兩人說話的妻子恭子出來店面，收拾茶杯，擔心地喃喃說：「希望不會吵起來。」

恭子說，計程車好像也正為了包車問題發生爭執。為了這個憑空冒出來的甜頭，大夥爭食起來。

下星期六，即將舉辦臨時演員的試鏡。場地是町民活動中心會議室，電影公司派來小組副導進行審查。

康彥報名五金行老闆的角色，結果瀨川和谷口也報名了，三人在會場撞個正著。

「你們去報名別的角色啦，我只有這個角色可以演欸。」瀨川這麼懇求。

「彼此彼此好嗎？你才是去報名別的啦。」

「嗯，就是啊。咱們堂堂正正一較高下吧。」

三個人誰也不讓誰，依序參加試鏡。

會場離門最遠的地方擺了張長桌，坐著製作人和副導，藤原也坐在工作人員的座位上。

「為什麼藤原在那裡？很彆扭耶。」瀨川蹙眉。康彥也有同感。

分到的台詞很簡單，像是「歡迎光臨」、「謝謝惠顧」。三個人都是做生意的，照著平常那樣表現。副導默默地觀察候補人選，在筆記本上寫東西。一定不是看演技好壞，而是以個人特色挑選。這是配角，醒目反倒不好。

因為徵選結果立刻就會公布，眾人在大廳談笑等待，不久後，試鏡結果張貼到布告欄上，是農協的職員贏得了五金行老闆的角色。

「什麼嘛，枉費我這麼起勁。是早就套好的吧？」瀨川噘起嘴巴說。

看看其他角色，發現屍體嚇軟腿的老太婆是老母富子當選了。這個角色似乎只有老母報名。

「天哪！怎麼辦！我要穿什麼上鏡頭！」老母興奮得像個小女孩。

「阿姨，不能盛裝打扮吧。」瀨川說。

「可是上鏡頭的話，全日本的人都會看到我耶。」

「不行啦，妳是路過的老太婆角色啦。」

康彥也勸道，若是不管她，她可能會先上美容院燙頭髮，化好妝之後再上陣。他從現在就開始擔心了。

此外，農家的中國媳婦香蘭、小酒吧早苗的媽媽桑也得到了有台詞的臨時演員角色。這麼一來，令人期待的事又增加了。有認識的人會出現在大銀幕上。

藤原一臉得意地現身大廳：

「啊，累死了。連評審都要問我的意見，真教人勞心費神。」

「什麼嘛，原來就是你刷掉我們的囉？」谷口找碴說。

「不是啦不是啦，你們的角色是副導決定的。」

「是嗎？聽說你最近都仗勢欺人喔？」

瀨川調侃道，藤原頓時動怒起來：

「這是什麼話？每個人都隨便亂講！一定是旅館公會的會長到處講我壞話對吧？你們也替我想想看，電影的預算就那些，我每天四處奔走，就為了盡可能讓町裡的每個人都平均分配到利潤。然後，那個公會會長居然還跟人家說我是不是收了苦澤飯店的老闆紅包！」

他口沫橫飛地反駁說。

「不，我從來沒聽說過這種事。」康彥急忙否定這出乎意料的傳聞。

「他跟大黑的媽媽桑說了。這是名譽毀損！」

「一定是醉話，隨便說說的啦，不是認真的。」

「哪有隨便說說就算了的？我為了這個町拚死拚活，每個人卻你一言我一語，既然意見那麼多，你們自己來當居民代表啊！」

「別氣成這樣，都是同一所國中的學長學弟嘛。」

康彥設法安撫，但藤原怒氣難消，橫眉豎目地進去裡頭了。

「就叫你們不要隨便調侃藤原。他現在整個人神經兮兮的。」康彥規勸瀨川和谷口。

「會嗎？剛才的試鏡，他也一副高高在上的樣子。」

「就是啊就是啊，什麼『接下來換三號』，明明就認識每一個人，幹嘛不叫名字嘛。官吏就是這樣才惹人厭。」

兩人繼續批評藤原。這時和昌出現了。兒子也從札幌回來參加試鏡。

「你怎麼樣？」康彥問，和昌搖搖頭說：「被刷下來了。可是我拜託他們讓我幫忙打雜。」他喜孜孜地說。

和昌說他拜託助導，說他不要酬勞，毛遂自薦擔任髮型助理，結果助導答應了。

「你學校怎麼辦？」

「我們有現場實習課，就拿這個抵時數。我已經事先向學校徵得許可了。」

「是喔，那就好。」

兒子積極的態度令康彥驚訝。看來他似乎確實成長了。

邀來劇組拍片後，苦澤町顯然變得活力十足。往年的話，一旦積雪，路上就看不到半個行人，直到春天，日復一日平淡無事。但是比方說今天，町民就聚集在公民館，熱鬧地閒話家常。

康彥感受到娛樂的力量。人口流失地區最需要的就是娛樂。

行程決定之後，劇組的行動非常迅速。週末一過，率先出發的美術小組立刻抵達，在十字路口街角搭起派出所布景，工法迅速精湛，孩子們天天都去看熱鬧。

雪屋要蓋在廢校的國中操場，孩子們在這裡大展身手。

有小學要申請參觀拍片，藤原正在和製作人交涉。結果得知這個消息的銀髮學校和農協等各種團體也紛紛要求參觀，保證他們不會打擾拍片，使得藤原成了夾心餅，結果還演變成他拒接町民打到町公所的電話。康彥非常同情藤原，這顯然是居民太自私了。

到了十二月的第一週，劇組主隊終於來到苫澤了。三輛堆滿器材的卡車、兩輛攝影巴士、還有兩輛載著演員的小巴士，排成一列，捲起雪煙，自國道駛來。光是這情景，就彷彿電影中的一幕，令人不由得感動萬分。康彥想起煤礦業仍十分興盛的孩提時代，曾有馬戲團到鎮上來表演。就和那時候一樣。這次的劇組，就像是遺忘許久的慰問表演團。

町公所建築物的牆上垂著一條直型布幕：「歡迎　電影《紅雪》劇組」。眾多町民聚在町公所前拍手迎接。康彥、瀨川和谷口也關了店趕去。他們都想親眼看看大原涼子。

從小巴下車的大原涼子，美得彷彿身後散發聖光。她臉蛋小巧，牙齒白得刺眼。町民一陣騷動，每個人的眼睛都盯在她身上。康彥實在不覺得她跟他們同樣都是人類。

演員們個別向迎接的町民行禮。大原涼子轉向町民，做為代表簡單致詞：

「苫澤町的居民大家好，這兩個星期就麻煩大家多多照顧了。」

光是這句話，就把康彥等人迷得神魂顛倒。

町長走上前去握手。町長平常也不怎麼受到尊敬，卻唯獨這時，第一次讓人覺得羨慕。女職員獻花給導演和演員。報社從札幌前來採訪，閃光燈閃個不停。年輕男星揮手，公所女職員尖叫連連。自從廢礦以後，這應該是苫澤頭一次籠罩在如此絢爛的氛圍中。

一行人結束禮貌性致意後，便各自回去下榻的旅館了。眾人仍陶醉不醒，這時，藤原來到在場的町民面前演說道：

「明天電影就要開拍了。請各位町民多多協助。這會是留名苫澤町歷史的大事，請千萬不要妨礙拍片。如果大家不停地聚集，交通管制也會很麻煩。」

「瞧他神氣的，還開拍咧。藤原那傢伙，真把自己當成電影人啦？」瀨川嗤之以鼻地喃喃說。

藤原看見康彥他們，一臉得意地走過來說：「我在町長室跟大原涼子合照了，你們要不要看？」然後竊笑著晃了晃智慧型手機。

「課長先生，這算是濫用職權吧？」瀨川抬槓說。

「不用嫉妒，這是額外福利。」也許是還在為之前的事記恨，藤原挑釁地說。

「演員沒有跟町民交流的機會嗎？如果是簡單的歡迎會，馬上就可以辦。」

「啊，不行不行。製作人已經事先叮嚀過了。演員在拍片期間，為了專心塑造角色，不會見任何人。也請不要要求簽名。」

「而你卻跟人家合照？」

「合照而已，又有什麼關係？我可是協力製作人呢。」

藤原似乎是豁出去了，高聲哈哈大笑，進到町公所去了。

「那傢伙搞什麼？臭屁成這樣。」谷口也憤慨起來。

「噯、噯，兩邊人馬要求都很多，藤原也累積了不少壓力吧。」康彥安撫道。

「如果拍片順利結束，那傢伙絕對會把功勞占為己有。」

「就是啊。聽說他想趁機搶到町長輔佐的位置。」

「不可以說這種話。」

藤原完全成了壞人。

3

電影開拍後，整個町一天二十四小時都浮動不安。不管遇到什麼人，聊的都是電影，像是「今天在飛鳥的廢屋拍片」、「昨天晚上導演跟伊藤梭爾好像在早苗喝酒」，每天都有這類消息四處流傳。

大原涼子除了拍片的時候，好像幾乎都不會離開飯店。她只要走在路上就會吸引人潮，遭到手機鏡頭搶拍，會足不出戶也是當然。

不過，劇組工作人員大半都是年輕人，入夜以後便會前往居酒屋或小酒吧，鎮上熱鬧得宛如祭典。像小酒吧大黑，平常一星期只營業三天，這兩個星期卻是天天開門。

「大家都還年輕，很會喝，酒瓶一下子就見底了。」

年過六十的媽媽桑露出整個牙齦，笑得開懷極了。

老年人似乎想起了苫澤過去礦業興盛的榮景。像老母，還突然沒頭沒腦地話從前，嚇了康彥一大跳：「神田町的電影院，每到星期日就會有賣爆米花的從札幌過來，因為很稀奇，我還特地跑去看電影呢。」也許是有許多老人家挖掘出這類記憶，銀髮學校的成員天天聚在福利會館前敘舊。

老母演出臨演的那天，康彥陪她一起去。因為是雪中的場景，開始下雪的那天早上，劇組突然連絡說「今天要拍」，於是兩人慌張出門。

副導要求穿平常的衣服，但老母任性地說要穿她最漂亮的衣服，康彥好不容易才說服她，讓她穿上樸素的禦寒衣物，坐上車子前往拍片現場。

地點是散布在農家的田間小徑，康彥原本期待或許可以看到大原涼子，演員卻只有演屍體的那位，其他就只有導演和工作人員。

雪花紛飛之中，老太婆從田間小徑往這裡走來，發現路邊倒著一具渾身是血的屍體。老太婆發出不成聲的驚叫，當場癱坐在地，接著喊著：「來人、來人啊！」折返來時的路——。副導說明是這樣的場面。

攝影機裝在懸臂上，從高空俯瞰攝影。雪徑上只能踩出一次腳印，因此不能重拍，一次決勝負。

「沒問題嗎？我媽是素人耶。」康彥擔心地問導演，導演回答得很悠哉：「沒問題，沒問題，沒有特寫鏡頭。」

為了慎重起見，先在其他地方進行腿軟的預演，但老母太緊張了，沒辦法順利跌坐在地，遲遲無法進入正式開拍。康彥覺得自己責任重大，陪在老母身邊建議：「再自然一點。」

「阿姨，不用演沒關係。這只是短短五秒的場面，如果不順利的話，會直接剪掉。這樣說或許失禮，不過，如果是重要的場面，我們會叫專業的演員來演。」導演輕鬆地說。

也許是這話讓老母放鬆了，她的身體不再僵硬，可以自然地跌坐在地上了。

終於到了正式開拍。康彥和工作人員一起盯著螢幕，屏著大氣看守著。

「好，卡麥拉！」導演喊道。

老母從另一頭走來。大雪紛飛之中，老母的腳印一個個踩在新雪上。因為是從正上方拍攝，老母的身影被傘遮住。從螢幕看去，真的很像一幅畫。原來如此，這就是電影啊，康彥感動得全身爬滿雞皮疙瘩。

走了一小段路，發現屍體了。兩傘掉到雪地上，老母的身影這才露了出來。跌坐在地的老母掙扎著折返——

「卡！」導演的聲音響起。「OK，演得很好！」

工作人員的表情都放鬆下來，慰勞老母說：「辛苦了。」

康彥感動萬分，老母似乎也是，臉頰興奮潮紅地說「我心滿意足，什麼時候上西天都行了」，逗得周圍的人大笑。明明下著雪，卻一點都不覺得冷。

另一方面，和昌似乎也被初次接觸的電影世界深深打動。

「專業的髮型設計師果然厲害，手法完全不同。」

和昌從早到晚以助手身分跟著設計師跑，受到很大的刺激和啟發。

「我想去一次東京看看。」他還說出這種令人憂心的話。妻子急了起來，但康彥覺得如果他想去，去開開眼界也好。在苫澤繼承理髮店才是毫無發展。

後來，町民最想見到的大原涼子幾乎沒有現身。拍攝居酒屋的場面時，店前圍了一堆看熱鬧的群眾，但大原涼子乘坐小巴過來，下車後看也不看町民，直接進入店裡，拍完之後，一樣回到小巴，逃之夭夭似地離開了。

「笑臉迎人也只有一開始喔？怎麼不服務一下粉絲，像是簽個名、拍個合照也好嘛。」

「就是嘛，難得都來了，就應該跟町民交流一下嘛。」

瀨川和谷口三番兩次表達不滿，還慫恿商工公會，說要在拍片期間替大原涼子辦歡迎會。

「我們自己歡迎我們的，她只要來露面十分鐘就好了。」

他們還跑去町公所要求藤原傳話，藤原好像青筋畢露，暴跳如雷。據在場的女職員轉述，當時的對話如下：

「你們幹嘛這樣亂搞？人家當然不願意！你也替演員想想好嗎？人

家要專心塑造角色，町民來搗什麼亂？」

「所以只要露臉十分鐘就好，大家都會開心啊。只是這樣而已嘛。」

「不要。我絕對沒辦法開口提出這種要求。」

「你不是町民跟劇組的協調員嗎？你這不是怠忽職守嗎？」

「這才不是我的職責！」

氣氛搞得很僵，最後是旁人設法打圓場。

關於這件事，康彥認為錯在瀨川他們。演員是很細膩的工作，不是只有上場的時候表演就行了。每個演員都有自己的一套規矩，像是塑造角色的時候絕對不見人、也不喝酒，旁人是不能干涉的。

就像這樣，拍片的兩星期一眨眼就過去了。飛車追逐和車子滑下懸崖的場景，都在町民不知道的地方拍攝，沒有人看到。

本來以為最後還有演員致詞，結果也沒有，事後聽說，演員的戲份結束後，便一個個回去東京。大原涼子好像三天前就離開苫澤了。

康彥等人還天真地期待能一起拍紀念照、拿到簽名，等於是這些天真的期待遭到了背叛；不過，還是有些幸運的人，比方說，早苗的媽媽桑就和光顧店裡的大原涼子拍了合照、幫忙鏟雪的國中生收到主演男星送他圍巾等等，也有這樣的消息傳出。像和昌，他就拿到導演簽名的腳本，興奮得要死，說要當成一輩子的紀念。

劇組回去以後，苫澤回歸了原本的寧靜。雪積得更深，高山深谷皆化成一片雪白。再也聽不到年輕人的聲音了。

康彥店裡的客人七嘴八舌地聊著拍片的事。

「大原涼子比想像中更嬌小呢。」

「聽說大原涼子在飯店每天都吃玄米飯。」

在苫澤，這應該會成為往後永遠的話題。

聽說電影會在春季上映。感覺在那之前還有得聊。

4

到了三月，町公所的網站公布了電影《紅雪》完成的新聞。上映時間是五月底，預定在全國主要都市的迷你電影院播放。從預算規模來看，本來就預料到不會是全國上映，看來果然不是迎合大眾胃口的作品。

正式上映之前，要在町民活動中心舉辦特別試映會。應該是製作團隊對拍片地點聊表敬意。不過還沒上映，就發生了一點小爭執。因為這是一部「十五禁」電影，國中生以下不能觀看。一定是有許多刺激的鏡頭。

國中老師來店裡理髮時，就向康彥抒發不滿：

「學生不能看是什麼意思？叫學生幫忙那麼多，蓋雪屋、鏟雪，完成之後卻把他們排除在外，這不是欺人太甚嗎？大家都這麼期待電影完成，叫我們怎麼向學生交代？」

身為教師，確實很為難吧。

「所以我們跟校長一起到町公所去向藤原先生抗議，叫他想想辦法。結果他說有強姦跟殺人這類鏡頭，不能給小孩子看——。這是早就知道的事，既然如此，當初就不該讓學生協助拍片，不是嗎？」

說的沒錯。藤原的說法是他事前沒聽說會是「十五禁」。

「沒錯，一開始是我們校長主動詢問有沒有學生可以幫忙的地方？還說這是個很不錯的學習經驗，務必讓學生參與。可是藤原先生不是看過腳本嗎？那一開始就應該說明這些疑慮才對。向田先生，你說對不對？」

「嗯，是啊。當初就應該拒絕，說這是大人看的電影，不能給小孩子看。」

康彥對著鏡中的教師點點頭。不過，他覺得要藤原一個人扛責太殘忍了。這是第一次邀請劇組拍片，全是第一次接觸的事。即使有些地方考慮不周，也不該苛責。

「哎，這下傷腦筋了。該怎麼跟學生交代才好？」教師嘆氣。

康彥對兩邊都同情不已。

試映會在星期六傍晚舉行。破產前興建的這棟活動中心已經很老舊了，但頗具規模，可以容納一千五百人，只要調整一下，甚至可以讓全町民都坐進裡面。因為國中生以下不能觀看，町裡的大人幾乎都到齊了。

製作人從東京前來，再次感謝拍片期間町民的協助。

「多虧有苫澤町的各位幫忙，我們完成了一部精彩絕倫的作品。主演的大原涼子小姐展現出顛覆過去形象的精湛演技，她本人也對這樣的成果極為滿意。本作品目前正在申請參加國外影展，我相信一定能獲得極高的評價。也請大家支持以苫澤町為舞台的電影《紅雪》。」

藤原接過麥克風說：

「我也非常期待完成的作品會是什麼樣子。因為自己也參與其中，所以有種特別的感慨，我相信大家也有相同的想法。只要本作品獲得好評，做為舞台的苫澤當然也會受到矚目，如此一來，我期待會有更多的觀光客來造訪這部《紅雪》的拍攝地點苫澤。然後地區振興課也在考慮，是否能趁此機會，再次在苫澤舉辦電影節。而且不是夏天，在冬天舉行的話，就能期待淡季期間的觀光人潮……」

「喂，又在演講了。」瀨川打岔說。町民笑聲四起，藤原板起面孔，結束致詞。

終於要播放了。苫澤已經有多久沒有放映電影了？町裡的電影院關門大吉，已經是四分之一世紀以前的事了。場內轉暗，前方的特設螢幕亮了起來，瞬間，康彥覺得自己又回到了年輕時候。電影還是應該在大銀幕上觀看啊。

開頭是一輛四輪驅動車駛過國道而來的場面。只是畫面上出現豎立在町入口的「歡迎光臨苦澤町」立牌，會場就一陣騷動。然後切換成孩子們在雪屋玩耍的場面，接著有町民在大銀幕上登場，歡聲雷動。

「啊！是川田家的浩太！」「哈哈，後面的由紀看起來好可愛。」

這樣的聲音此起彼落。如此一來，這「十五禁」的限制實在教人扼腕。要是那些孩子看到螢幕上的自己，不曉得會有多開心。

除了這些，每當有町民臨演出現，就會傳出笑聲，會場一片和樂融融。早苗媽媽桑在大銀幕上果然性感冶豔，再次讓康彥心動不已。藤原自己也軋了一角，教人苦笑。他飾演站長，也有台詞。

這與一般的電影上映會不同，每個人都看得目不轉睛。因為銀幕上出現的是熟悉的風景，有熟悉的人登場。

不過，會場和樂的氣氛也只維持了一開始的三十分鐘。命案發生後，空氣一下子變得沉重，還傳出坐立不安的乾咳聲。許多淒慘的場面陸續登場，純白的積雪再三被鮮血染紅。原來如此，《紅雪》的紅，指的是血啊。

這與一般的犯罪片大異其趣，每個登場人物都極為滑稽、卑俗、自私。特別是導演以充滿諧謔的手法鮮明地刻畫出鄉下的人際關係與村落社會，毫不留情。大原涼子飾演包庇年輕殺人犯的角色，是第一次飾演反派。整個會場充滿了「原來是這種電影」的氛圍。即使不必開口，也能深刻地感受到。

康彥看到一半就難堪起來。或許會有一些町民覺得這部片簡直是在瞧不起鄉下，氣憤不平。

約兩小時的試映會結束時，有幾個人鼓掌，但沒有人繼續，掌聲一下子就停了。場內亮了起來，町民臉上顯現的表情是困惑。康彥也不知道該如何形容才好，他從來沒看過這麼古怪的電影。
看看隔壁的恭子，她表情複雜地悶聲不語。老母在前排座位跟銀髮學校的朋友一起看，直白地陳述感想說：「我們實在看不懂。」
「喂，大家，這要是別人看了，以為苦澤町就是這個樣子，那怎麼得了？你們不覺得嗎？」瀨川率先發難。
眾人的視線聚集在他身上。
「沒錯，鄉下很封閉，苦澤或許也是這樣，可是被誇張成這樣，實在不太對吧？我實在沒辦法不吭聲。」
「我也這麼覺得。總覺得被取笑了。」谷口也同意。
「藤原課長人在哪？我得問問他怎麼說。」
「他在放映室。」年輕職員回答。
「你去叫他過來。」
不到一分鐘，藤原過來了。他似乎感受到會場的氣氛，表情很僵硬。

「喂，課長先生，這部電影是在踐踏苫澤嗎？」瀨川說。

「不，沒這種事。再說，這是虛構、是創作啊。」藤原回答。

「這是電影，當然是創作了。可是片頭出現『歡迎光臨苫澤町』，看到的人會覺得：啊，原來苫澤就是這樣的小鎮啊。這樣一來，豈不是教人很沒面子，或者說名譽受損……」

瀨川沒有要退讓的樣子，許多町民也留在會場沒有離去。

製作人下來，一臉肅穆地開口說：

「我瞭解有些人看了會不太舒服，但這部作品不是要嘲笑什麼人，或是責怪什麼人。人的滑稽，不管是都市還是鄉下都一樣，希望各位可以理解這一點……」

「你倒好了，你的工作只有拍片，苫澤會變成怎樣都不關你的事，是吧？」

「不，我並沒有這麼想……」

「我們認為最大的問題是町公所明知道是這樣的電影，卻拚命拉人來拍片。就算可以得到一些經濟收益，可是這樣簡直就是出賣自尊嘛。」

聽到這毫不客氣的意見，藤原漲紅了臉，臉頰僵硬。

「瀨川，等一下，也聽聽其他人的意見吧。」康彥提議。

會場還有許多町民。

「呃，我覺得這部片很棒……」從札幌過來任職的國中老師提心吊膽地舉手發言。「這是黑色幽默啊。所以不是大眾取向，但我很喜歡。」

「還有呢？年輕人覺得怎麼樣？」

「我也覺得很棒。有好幾個地方我差點笑出來。」町公所的女職員說。她也是從札幌來的。

「全是外地人嘛。簡而言之，就是別人家的事吧。」瀨川說。

「什麼叫別人家，大家都是為了這個町好，在拚命努力啊。」康彥責備說。

「那佐佐木先生呢？」

「町長輔佐去東京出差了。」藤原回答。

「哈哈，落跑了是吧？」

「不可以說這種話。」康彥瞪瀨川。

「我覺得很複雜吶。」和昌帶著嘆息說。「對於自己生活的地方，還是沒辦法客觀看待。如果舞台是別的地方，或許會覺得很好看，但畢竟是自己的故鄉……」

「看吧，就是這麼回事。只要有鄉土愛，就不會邀這種電影來這裡拍片。」

「瀨川，哪有人這麼說話的？論到對故鄉的愛，難道我會比你少嗎？」藤原臉色大變地抗議說。

「對啊，瀨川說的太過分了。藤原是為了這個町好，才邀劇組來拍戲。那段期間來了很多人，町裡熱鬧滾滾，旅館和餐飲業都賺了不少錢，我們也有了許多樂子。今天也是，像這樣有了町民相聚的機會，總比什麼都沒有要來得好吧？」康彥說。

在人口外流的小鎮，光是有什麼活動，本身就有意義。

「好了好了，事情都發生了也沒辦法，大夥別吵了。」一名老人家規勸說。「咱們享受了一段時間，這樣就夠了。」

「什麼叫沒辦法？有人這麼說話的嗎？對製作人太失禮了吧？」藤原表情扭曲地抗議。

製作人開口說：

「不，請不用顧慮我。作品的精神無法傳達給大家，我覺得很遺憾。不過，我們深信這是一部傑作。近來的電影大多流於媚俗，只是被消費就結束了，但是這部電影一定會流傳下去。」

「流傳下去？那樣也教人頭大。」瀨川說。

「瀨川，你夠了沒！」藤原終於破口大罵。

「住口，都夠了，散會了散會了！」

老人家拍了拍手，眾人沉默了。藤原怒氣沖沖地離開會場，瀨川和谷口說要去喝酒，走掉了。

只留下尷尬的氛圍。這件事留下的遺恨感覺會拖上好一陣子，但也可能很快就會消散。這是個小社群，總不可能避不見面。如此一來，就會有人居中調解，表面上和好。這個小鎮就是像這樣一路維持過來的。

「明明就很棒啊……」

中學教師嘆氣，遺憾地喃喃說。

來到外頭一看，天色整個黑了，但並不怎麼冷。積雪差不多開始融解了。大地露臉之後，苫澤也將進入春天。

5

到了五月，電影《紅雪》有了新消息。《紅雪》在世界知名的影展上成為最大贏家，囊括最佳影片獎、最佳導演獎、最佳劇本獎和最佳女主角獎，創下傲人佳績。

康彥是在晨間電視新聞上看到的。主播興奮地說「這是日本電影的一大偉業」，接著播放頒獎典禮的影像。是穿著和服的大原涼子滿臉笑容地接下獎座的場面。康彥差點在吃飯的時候弄掉了筷子。

「真的假的！」恭子人都呆了，盯著電視看。重聽的老母好像不明白出了什麼事，交互看著兩人問：「怎麼啦？」

康彥向老母說明，老母發出走調的驚叫，瞪圓了眼睛：「哎呀，我演的電影全世界的人都看到啦？」緊接著和昌打電話來，興奮地說：「你們看到新聞了嗎？」

「其實我覺得那是一部傑作。可是瀨川叔叔他們很生氣，所以那時候我不敢說。事後聽說，佐佐木先生好像也說：『那是一部傑作，一段時間以後，大家自然就會懂』，我也覺得應該是這樣——」

這馬後砲放得未免太大了吧？

「我在考慮從理容學校畢業以後，拜拍片時照顧我的髮型設計師為師，所以，可以讓我再自由三年嗎？」

「什麼？人家怎麼說？」

「我接下來才要寫信。」

康彥啞然了好半晌，說「隨你的便」，掛了電話。他總有這樣的預感。不過和昌還年輕，他想怎麼做，就讓他去闖吧。只要有理容師執照，也不怕將來沒頭路。

更重要的是電影拿下大獎了。康彥第一個想到藤原，放下心來。這整個苫澤町，對這個消息最開心的無疑是藤原。後來一些沒口德的傢伙仍在背後咒罵藤原搞臭了苦澤町的名聲，這下他的辛苦總算得到回報了。

康彥開心起來，拿著遙控器追蹤各台新聞。盛裝打扮的大原涼子果然美豔動人，他忍不住露出色咪咪的笑。

兩天後，町公所立刻掛出祝賀電影得獎的布幕。這下電影一定會受到矚目，如此一來，電影舞台的苦澤町也必然會引發關注。

現實的是，町民之間開始傳出重新評價電影的意見。

「仔細想想，那部片滿有意思的。因為有點像在揶揄鄉下，我忍不住看了火大，不過冷靜一想，那真是一部好電影。」

「簡而言之，那部作品就是在描寫人性普遍的狡猾和脆弱呢。我也反省過了，身為大人，應該笑著接納才對。」

上門的客人都換了副說法，有些害臊地稱讚說，惹人發噱。康彥自己也改變了想法。試映會剛結束時，感覺就像自己人被揭了醜，他覺得有些彆扭，不過影像確實迫力十足，演員陣容的演技也十分精彩，是一部會令電影愛好者叫絕的作品。

不過，只有瀨川一個人堅持意氣用事。

「真是的，鄉下人就是害怕權威。一拿到知名大獎，馬上就換了副嘴臉。我可不接受。不好的東西就是不好，那部片就是在嘲笑苫澤。阿康，你不這麼覺得嗎？」

「你也差不多夠了吧。這是喜事啊。」

「哪裡是喜事了？萬一全世界的人都當真，以為北海道真有個那麼糟糕的小鎮，那可怎麼辦？」

康彥苦笑著聆聽。瀨川會這麼饒舌，也是因為心虛吧。

幾天後，藤原來理頭髮了。「藤原，太好了，恭喜你。」康彥祝賀說，藤原整張臉皺成了一團，要求握手：

「我這輩子都忘不了阿康你曾經替我說話。」

「太誇張了啦。」

「不，我說真的。試映會的時候我嚇得要死，心想這就叫做四面楚歌嗎？難道我要被這村子攆出去了嗎？町民裡頭只有阿康你替我說話，反駁瀨川跟谷口，我真的開心極了，心想：啊，還是有人瞭解的——」

「哈哈哈。」藤原誇大的感謝讓康彥靦腆地笑。

「那，瀨川他們怎麼說？」

「不曉得耶，他們最近都沒來露臉。」康彥撒謊道。

「他們一定恨得牙癢癢的。之前把別人罵得那麼難聽，結果只是曝露出自己有多狹隘。」

「也不是那樣……」

「啊，對了，有個大新聞。因為電影拿下首獎，製作人要在上映前和導演還有大原涼子再過來一次，感謝苫澤町。」

「真的嗎？那太讚了！」

「町長接到電話，開心得要命，說要在町民活動中心開慶功宴。他們一定會從東京帶來一堆媒體，然後上新聞，為電影宣傳，苫澤町也會出名，又要再次熱鬧起來了。」

「這都是你的功勞。」

「謝謝。慶功宴我一定會替你準備一個好位置，近到讓你可以聞到大原涼子的香味。然後不讓瀨川跟谷口進去。」

「這——」

「如果他們敢露臉，我就在玄關罵他們：你們還有臉來！把他們趕回去。」

「原諒他們吧。他們一定也在反省了。」

「不，我才不要。我絕對不原諒他們。」藤原賭氣地說。

康彥覺得好笑極了，費了好一番功夫才憋住笑。這對話往後一定還會再重覆許多遍吧。

苫澤差不多要進入櫻花季了。雖然是個什麼都沒有的小鎮，但這個時期，唯有山林盛開的櫻花之美，令人引以為傲。一想到可以讓大原涼子欣賞到這番美景，內心自然溫暖了起來。

逃亡者

1

苫澤町出生的年輕人在東京闖出大禍了。他是廣岡的長子秀平，還住在苫澤町時，國中曾經擔任學生會長，是個優秀活潑的孩子。

向田是在NHK晚間七點的新聞看到這個消息的。這幾天轟動社會的詐騙集團主嫌遭到全國通緝，警方公布了嫌犯的名字和照片。

「喂！這不是廣岡的兒子嗎！」

正在吃晚飯的康彥忍不住站起來大叫。老母被他嚇得假牙掉到桌上，「呼嘎呼嘎」地呻吟。

「喂！恭子！快來看電視！」

康彥呼叫廚房的妻子，不知道出了什麼事的妻子慌得腳尖踢到玻璃門的門檻，尖叫：「好痛！」單腳跳著跌進客廳裡來。

「妳看！是廣岡家的秀平！」康彥指著占滿整個電視機畫面的相片

說。

「痛死我了……。秀平是長這樣嗎？」恭子蜷縮在地上，但還是定睛細看。

「就是長這樣。我已經大概五年沒見到他了，之前他爺爺過世的時候有回來，那個時候他向我打過招呼。我還在想他長得真大了，後來也沒聽到他返鄉的消息。」

「不會是搞錯人吧？也有可能是同名同姓。」

「不，就是秀平。錯不了。」

「但他不是會做出這種壞事的孩子啊……」

恭子似乎難以置信。康彥也是一樣的。秀平功課很好，高中讀的是札幌的升學高中，還考上東京的私立大學，是個秀才。廣岡動不動就向人炫耀他的兒子。

啊，這麼說來——。康彥想到了。這幾年廣岡來理頭的時候，都絕口不提兒子的事了。就算康彥問他，他也像在迴避話題似地說：「他好像要開公司，不曉得在搞些什麼。」

新聞說，以秀平為首的詐騙集團專挑老人招募墓園開發投資案，實際上是斂財之後，整間公司消失無蹤。因為有一名受害老人自殺，新聞大肆報導，說這是利用現代墓地短缺的惡劣詐騙犯罪。警方查出詐騙集團的藏身地點，突襲逮人，結果主嫌廣岡秀平從公寓二樓陽台跳下，就這樣逃亡無蹤。

「逃走了啊。」恭子說。

「所以才會發布全國通緝啊。日本這麼小，不可能逃得掉的。」

康彥因為過度震驚，雞皮疙瘩都上來了。秀平從小一直到國中，都在這裡理髮。因為他是孩子，兩人不太有話題，只記得在理髮的時候，秀平也都專心一意地看漫畫。

「廣岡先生知道這事嗎？」恭子問。

「警方應該通知家屬了吧。」

「天哪，他太太不曉得怎麼樣了。」恭子表情扭曲，發出不成聲的呻吟說。

康彥可以輕易想像廣岡家是什麼樣的情形。現在一定關上所有的遮雨窗板，也不接電話，關在家裡頭吧。或是已經逃出這個町了。

廣岡在鄰町的自來水公司上班，個性老實平和，每個人都喜歡他。這樣一個小鎮，兒子卻犯下登上電視新聞的重大犯罪，而且還在逃亡中。這實在太慘了。換成自己，一定會一病不起。

雖然想跟瀨川或谷口聊聊，分享訊息，卻又有些遲疑，沒法伸手拿手機。他不想被人以為自己這麼八卦。

就在這時，家裡的電話響了，恭子接起來一聽，是住在札幌的兒子和昌打來的。

「你也看到新聞了？媽真是嚇死了──」

恭子興奮地聊起來。這麼說來，秀平比和昌大兩歲，小時候經常一起玩。他們國中的時候都是足球隊的，應該是學長學弟關係。

「喂，也給我聽。」

康彥從恭子手中搶過講到一半的話筒。

「你知道什麼嗎？」

「不，我也不清楚，聽說他在東京過得很闊綽。足球隊有個大我一屆的學長，去東京讀簿記[*11]專門學校，就這樣留在東京工作，所以跟秀平學長有來往。他說之前見面的時候，秀平學長開著保時捷，還說他住在六本木新城。那個學長說，秀平學長炫耀他開了公司，靠土地買賣大賺一筆，感覺好像變了個人，學長覺得怕怕的，開始對秀平學長敬而遠之。」

「這樣啊……」

康彥聽著，深深地嘆了一口氣。已經沒有懷疑的餘地了。通緝犯就是廣岡的兒子秀平。他本來是個功課優秀的好孩子，但歲月會改變一個人。

「還有，聽說秀平學長國中的好朋友接到警方電話，問他最後一次跟廣岡秀平連絡是什麼時候？知不知道他在北海道有哪些地方可以去？」

「這樣啊。這是一定的吧。」

康彥更覺得坐立難安了。警方一定也找上他家了。廣岡現在怎麼了呢？

到了晚上九點，瀨川打電話來，問他要不要去小酒吧大黑跟谷口一起喝一杯？當然，他已經知道秀平的事，說大家都在談論這件事。

康彥二話不說趕了過去。這種時候，還是想要跟別人聊一聊，分擔一下不安。

＊注11：所謂簿記，是指會計的帳務處理技術，主要是如何將交易事項加以記錄與編製財務報表。

走出戶外一看，已經溫暖到夜裡也不需要穿外套了。北國的這個人口外流地區也差不多進入夏季了。明明是個令人歡欣喜悅的季節，苫澤卻出了這樣一則震撼新聞。

店裡客滿。媽媽桑少了平日的元氣，一臉陰沉地吞雲吐霧。

「剛才苫澤署的人來過，說明天會有警視廳的刑警到警署來。」媽媽桑吐煙說道。

「特地從東京過來嗎？」

「那當然了，老家是他最有可能躲藏的地方，不可能不過來看看。」

「警視廳帶著逮捕令突擊逮人，卻在逮捕前一刻被嫌犯逃跑，這個臉丟得可大了。居然被嫌犯從公寓二樓陽台跳下去逃走，警方真的遜爆了。」

「是啊，顏面掃地吧。警方是扣分主義，不盡快逮到人，幹部的職位就要不保了。」

「而且這是受到社會矚目的大案子，警察當然要卯起來抓人。」

「是啊，都有人自殺了，可不是一般的詐騙案。」

客人們七嘴八舌地談論著，不過語氣沉重，氣氛也很低迷。每個人都認識秀平，感覺就像家裡出了罪犯一樣。

「可是秀平究竟是在哪裡走偏了路？我認識的秀平，是個活潑有禮貌、總是帶領大家的好孩子啊。」瀨川遺憾地說。

「一定是進了東京的大學，交了壞朋友啦。要不然怎麼會發生這種事？他不是那種會主動做壞事的孩子。」谷口為秀平說話。

眾人「嗯嗯」點頭。

「可是，新聞說他是主嫌。」媽媽桑說。

「一定是搞錯了啦。」康彥說。「我想起來了。以前我們店裡都會給來理頭的小學生糖果，有一次我因為臨時有事離開店裡，急忙趕回來的時候，看到秀平坐在椅子上看漫畫等。我說『不好意思讓你久等了』，給了他糖果，他卻說『不用了，剛才奶奶給過我了』——。明明不說也沒有人知道，他就是這樣一個誠實的好孩子啊。」

康彥說著，甚至想起了二十年前的情景。秀平是個五官清秀的俊俏孩子，來理髮的時候，總是害羞地低著頭。

「就是啊。有一次夏季祭典的時候兒童會舉辦義賣，就是秀平負責管錢的，可見得大家有多麼信任他、倚重他。」

瀨川補充說，眾人又彼此點頭。

「我們都有年紀差不多的兒子，實在是有如切身之痛吶。廣岡也不是個放任的父親啊。阿康，你們交情不錯，明天你去廣岡家看看怎麼樣？」谷口說。

「我們交情也沒有好到哪裡去……。他每個月都會來店裡理頭，只是那時候會聊一下而已……」康彥搖搖頭。

「可是總比我們瞭解他吧？」

「不，我覺得人家應該不希望被打擾。」

「這樣啊，也許吧……」

眾人唉聲嘆氣。

不一會兒，有個町公所的職員上門了。他看到店裡客滿的樣子，瞬間露出驚訝的表情，但立刻就察覺了原因，在吧台角落坐下。

「媽媽桑，我加班到剛才呢。七點的新聞播出以後，媒體就不停地打電話來，問能不能借到畢業紀念冊、町公所有沒有跟廣岡秀平交情好的朋友。」他用熱毛巾擦著臉說。

「真的假的？意思是東京的媒體也要來？」

「應該吧，這麼大的新聞。」

聽到這話，康彥更加擔心廣岡了。如果媒體跑來，絕對會殺到他家去的。

「呃，媒體的事，是不是要先跟廣岡說一聲比較好？萬一被媒體逮到，他們一家人就要被公審了。」康彥說。

「所以你去跟他說一聲啊。」瀨川說。康彥同情到心都痛了起來。

這天晚上一直到很晚，大黑依然有客人上門，然後不斷地反覆討論秀平犯下的罪證。眾人皆陷入一種興奮狀態，即使過了午夜，仍沒有半個人想走。

2

隔天早上，康彥正猶豫著是不是該在開店前打電話給廣岡，結果瀨川打手機來了。

「阿康，你打電話給廣岡了嗎？叫他去避難了嗎？」

「不，還沒有。」

「什麼，你還沒打？剛才我兒子去送油的時候經過廣岡家前面，已經停了好幾輛電視台的車子了。」

「真的嗎？」康彥忍不住揚聲。

「真的、真的。」

「抱歉，我動作太慢了。」

康彥愁眉苦臉，後悔不迭。真不該猶豫的。什麼人都能輕易猜到，札幌的電視台一定會率先行動。

「要不要過去看看情況？總不能任由廣岡自生自滅吧？」

「嗯，是啊。」

「我去接你。」

掛斷電話後，手機立刻又響了。這回是谷口打來的。

「喂，聽說一早就有報社記者找上我家隔壁的木村家，說他女兒千春跟秀平是高中同學，要向他們借畢業紀念冊。」

手腳未免太快了吧！康彥害怕起來。據說社會記者為了報導，會不擇手段。

康彥說他要和瀨川一起去廣岡家，結果谷口說他也要去。苫澤的町民暫時應該沒辦法正常工作了。

廣岡家位在飛鳥地區的聚落裡。雖然沒有住宅區那麼密集，不過左右兩側也有鄰居。狹小的道路停滿了媒體的車子，還有好幾輛計程車，應該是報社包下的。

康彥等三人一到，記者同時回頭，蜂擁而上。

「你們是廣岡先生的朋友嗎？」一名年輕記者問。

「嗯，對……」瀨川回答。

「你們認識嫌犯廣岡秀平嗎？」

「當然了，他是這裡出生的，我們從他學會走路的時候就認識了。」

康彥等三人一下子就被記者圍堵了。

「不好意思，可以接受路上採訪嗎？我們會推派一名代表，提問的記者限制在最多三個。因為各家媒體分別提問會沒完沒了，可以請你們答應嗎？」

記者的態度非常有禮，年紀大概跟三人的兒子差不多。三人不知該如何回話，面面相覷，結果記者任意決定說：「那麻煩了」，攝影機開始在瀨川的周圍占起位置來。

記者們暫時離開，討論推派代表。人選立刻決定好，再次圍住了瀨川。

「我們不會拍臉，只拍脖子以下。」

「啊，這樣。」瀨川不知所措。

「啊，等一下——」康彥忽然想到，跑近瀨川，附耳對他說：「大家都會看到，你可不能隨便亂說話啊。」

「啊，對耶。」瀨川像啄木鳥似地點頭。

路上採訪立刻開始了。得知這次的事件，您有什麼想法？嫌犯過去是個怎樣的孩子？有沒有什麼話要跟嫌犯說——？記者陸續提出陳腔濫調的問題，瀨川一一回答。

「對了，廣岡跑去哪了？」谷口遠遠地看著採訪說。

「不曉得呢。也許是去親戚家避難了。」

康彥墊起腳尖看廣岡家。全部的窗戶都關上了最外層的遮雨窗板，看不見屋內的狀況。

「好像在家喔。」

不知不覺間來到旁邊的鄰居老太婆小聲喃喃說。

「真的嗎？」

「早上我看到太太出來拿報紙。而且車子也在。」

確實，夫妻倆的車子並排著停放在車庫裡。

廣岡夫妻假裝不在，屏息等待媒體離開嗎——？一想到這裡，康彥幾乎再也待不下去。

這時警車來了。後面還跟著廂型車。記者這回包圍了下車的男人們。制服警官是苫澤署的人，穿便服的似乎是從東京來的警視廳刑警。這表示他們昨晚就抵達札幌。

刑警不理會發問的記者，從廂型車搬出紙箱，前往廣岡家。

「這就是所謂的搜索住宅嗎？」谷口在眉頭擠出皺紋說。「為什麼……？跟父母又沒關係。」

「老家是與嫌犯有關的場所，家屬有可能藏匿逃亡的嫌犯，所以這是一般偵辦程序。」

附近的年輕女記者好心告訴他們。

事前應該已經打過電話通知，刑警按下玄關鈴，說「我們是警察」，門很快便打開了。「啪啪啪」地，相機快門聲同時響起。玄關裡可以稍微瞥見穿運動服的廣岡。

康彥覺得看到了不該看的東西，想要盡快離開這裡。

「瀨川，我們回去吧。」

「再待一下嘛。警方搜索住宅，難得一見耶。」

「你怎麼這樣說？你就不同情廣岡嗎？」

谷口似乎也有著和康彥相同的心情，蹙眉責怪說。

「別生氣嘛。喏，大家都來了。」

不知不覺間，幾乎聚落的人都出來看著廣岡家。狹小的道路被人群擠得水洩不通，根本無法開車離去。

康彥盡可能遠離現場，背對屋子望著遙遠的山脈，聊表心志。綠意已經完全轉濃，一對蜻蜓親子悠哉地在天空畫著圈。

媒體三天就離開了，但這段期間的採訪戰，遠遠超乎想像。談話節目殺去鄰町的秀平祖母家，把不知道拒絕的老人家拖到鏡頭前。週刊雜誌一個個找上對秀平有些認識的人，甚至跑到康彥的理髮店來。記者問：「他以前是個怎樣的孩子？」康彥只是冷冷地應道「他是個好孩子」，不多理會。因為媒體的報導方式實在太公式化，令他感到嫌惡。

世人之所以關注這起案子，是因為詐騙集團成員全都是高學歷，而且是從東京六大學[*12]的活動、社團帶出的學長學弟關係。異於飆車族出身的詐騙集團匯款詐騙，高學歷菁英集團染指犯罪，並變本加厲，這樣的情節引發矚目。此外，他們豪奢的生活也陸續被揭露，像是他們有段時期甚至住在六本木新城。這完全對上談話節目的胃口。康彥看著電視，發現連秀平的國中畢業作文都被引用了。提供的人應該沒有惡意

＊注12：東京六大學指隸屬於東京六大學棒球聯盟的六所大學，分別為早稻田、慶應、明治、法政、立教、東京大學，皆為名校。

吧。仔細想想，其他犯罪案件中，嫌犯的畢業作文也三不五時被拿來大作文章。

記者離開了，但警視廳的兩名刑警就這樣留在苫澤，繼續盯著他的老家。北海道警方提供汽車，那輛車子隨時停在看得到廣岡家的空地上。

這件事在小酒吧大黑也蔚為話題。

「那是一天二十四小時都在監視嗎？」瀨川提出單純的疑問。

「應該吧。不這樣一天二十四小時盯梢就沒意義啦。」町公所的職員明確地回答。

據他說，苫澤署全面協助，由刑事課的年輕刑警輪流進行監視。對於難得出大案子的鄉下刑警來說，警視廳的刑警應該耀眼得教他們難以直視。

「話說回來，警方是認真的呢。只是個詐騙案而已，警方居然做到這種地步。」谷口佩服地說。

「因為有老人家自殺了啊，全國群情激憤，覺得不可原諒嘛。我都有在看談話節目，到現在都還在報呢。連秀平在東京銀座一個晚上瘋狂揮霍上百萬圓的事，都找到酒廊小姐採訪作證呢。」媽媽桑吞雲吐霧地說。

因為有話題可聊，這陣子大黑每天晚上都熱鬧滾滾。

「那廣岡怎麼了呢？他有去上班嗎？」瀨川問。

「這我就不知道了。」媽媽桑答著，眼神瞟向康彥。

「我也不知道。我連話都沒跟他說到。」康彥搖搖頭。

「阿康，你還是去看看吧。人家是每個月去理髮的客人，跟你的話，他也比較好開口吧。」

「又推給我一個人。」

「總得有人給他打打氣，否則他會愈來愈孤立。」

「就是說啊，廣岡先生是個老實人，我甚至擔心他會不會自殺呢。」

「喂，媽媽桑，妳可別烏鴉嘴。」康彥直起身子說。

「不，有可能。廣岡責任心很強。像之前的夏季祭典，擺攤的炒麵剩下一堆，他也自責說是他沒估好進貨的量，想要自掏腰包買下來，不是嗎？明明就是因為下雨沒什麼人潮，是不可抗力的因素啊。」谷口一本正經地說。

康彥被說得開始覺得有這種可能性，而害怕起來。

「好吧，我明天去他家看看，叫他不要太難過。」

「也都沒看見他太太的影子，一定是夫妻倆關在家裡。」瀨川說。恭子也在擔心這一點。她說平常去的超市也都沒看見廣岡太太的人影。

鄉下和都市不同，不可能埋名隱姓。只要親人裡面有人犯了罪，連在路上行走都沒辦法了。康彥打從心底同情。

隔天康彥延後開店時間，去了廣岡家。沒有事先打電話通知，因為身為苫澤人都這麼做，直接上門才表示不見外。

他想要一個理由，所以帶著老母從田裡採來的小黃瓜，當做是來送菜。

開車來到廣岡家門前，遮雨窗板是開著的，車子也在。雖然是平日，但好像在家。

康彥有些緊張地按門鈴，靠簷廊的窗戶窗簾微微搖晃，出現人影。應該是在確定來客是誰。不一會兒裡頭傳來腳步聲，玄關門打開了。應門的是廣岡。他沒有看康彥，說：「什麼事？」廣岡憔悴的模樣把康彥嚇到了。才短短幾天，廣岡卻眼窩深陷，佈滿鬍碴的臉頰整個泛黑。

「呃，我們家採了小黃瓜，想送一點過來。水分滿多的，用鹽揉一揉再吃很棒喔。」

「這樣啊。謝謝。」廣岡接過小黃瓜，想要關門。

「啊，那個，你今天不用上班？」康彥急忙丟出話頭。廣岡頓了一下，只應道：「啊，嗯。」

不是輕鬆聊天的氣氛。廣岡沒有說話，但全身都在表示：「你回去吧。」

「那我走了。」康彥只說了這話，便轉身離去。背後傳來門鎖上的聲音。

他回到車子，折回來時的路，忽然冒出一名男子擋住去路。

啊，對了，都忘了有刑警在監視——。康彥依照指示停下車子。看上去三十多歲的東京刑警來到駕駛座旁出示警徽，彎身說：「不好意思」。

「你是町裡的人嗎？」刑警問，康彥老實地說他是廣岡的朋友，來看看他的情況。刑警要求出示駕照，康彥也照做了。

「不好意思攔住你。」

刑警的態度從頭到尾都彬彬有禮。連嫌犯老家的訪客都得盤問，警方真的很辛苦。

回到家後，廣岡立刻打電話來。他劈頭就道歉說：「剛才實在對不起」。

「老婆罵我，說人家是過來關心，卻連個茶也沒招待。」

「不，一點都不會。倒是太太還好嗎？」

「她一直躺在床上。」

「啊，這樣啊。」康彥心痛起來。廣岡的太太很漂亮。

「我向公司請假了。社長叫我先休息一段時間。」

「這樣比較好。」

「反正我也無心工作。」

「沒辦法的事啊。」

「那個不孝子，居然給我搞出這種事來。」

廣岡重重地啐道，康彥一時答不出話來。

「我想我只有以死謝罪了。」

「呃，喂，廣岡！等、你等一下。」康彥忍不住語無倫次起來。「就算那樣做也解決不了任何事。再說，秀平已經是大人了，就算你是他父親，也不能為他負責啊。」

「或許是這樣，但我再也沒臉見人了。」

「別說傻話了，你冷靜點。大家都在擔心你們。」

「真的對不起。剛才我態度那麼差，是因為我實在太羞愧了，如果不好好跟你道個歉，我會留下遺憾。」

「什麼遺憾——」一股寒意竄上背脊。「我現在再過去一趟，我們談一談。」

「不，不用了。」

「不行，廣岡，你可別動什麼怪念頭，想什麼要以死謝罪。」

康彥加重語氣說，廣岡沉默了片刻，無力地應道：「嗯，是啊。」

「總之，你要冷靜下來。如果有什麼話想說，隨時都可以來找我們。」

「謝謝。我好久沒跟別人說話了。」

廣岡道謝，掛了電話。康彥心慌得受不了。還是不能置之不理。萬一廣岡自殺，整個町會有好一陣子都陷入愁雲慘霧。

3

康彥把拜訪廣岡的情形告訴瀨川和谷口，這件事一下子就傳遍了小酒吧熟客耳中，每個人都為廣岡可能自殺而憂心。

「是不是每天輪流派人去他家探望比較好？」瀨川這麼提議。

「這樣反而會給人家添麻煩吧？對廣岡跟他太太都是負擔。一段時間過去，應該就會稍微冷靜點了吧？現在他們還沒有從震驚當中恢復過來。」谷口持反對意見。

「就是啊，雖然是犯罪，但也只是詐騙，又不是殺了人。」媽媽桑同意說。

「可是聽說有人因此自殺了啊。廣岡應該是對這件事感到自責。對死者家屬來說，或許會覺得就是詐騙集團害死的。」康彥說。

據他猜想，廣岡會如此崩潰，應該是因為有人死掉了。人命是無從賠償的。

「唔，也是啦。」眾人同意。

「再說，谷口說等時間過去就會好了，但這種事情不是拖得愈久，後勁愈強嗎？會愈來愈鑽牛角尖。就我上次看到的印象，廣岡都快撐不住了。」

「阿康，你不要嚇人啦。說得連我們都怕了起來。」瀨川說。

「還有，我也很擔心廣岡的太太。她很疼兒子嘛。聽說秀平也很孝順，每年母親節都會送花給她不是嗎？廣岡還苦笑著說過，兒子對父親節什麼表示都沒有，但母親節卻一定都會送花給他媽。」

「對對對，他說過。」

「所以也得關心一下他太太。」

「太太沒事的。」媽媽桑一口咬定地說。眾人都看向媽媽桑。

「沒有母親會丟下兒子自殺的。不管發生任何事，做母親的都會相信兒子、保護兒子到最後。所以她會一直等到秀平出來，或是被逮捕。看看過去的案子也是，因為兒子犯罪而引咎自殺的全是父親，不是嗎？母親是不會尋死的。」

「啊，對喔，說的也是。」

確實說服力十足，男人們都「嗯嗯」點頭。

「大家一起支援廣岡吧。咱們從小認識，不能就這樣袖手旁觀。再說，我也覺得這是切身的問題。我家和昌在札幌雖然很認真在學藝，但他還年輕，我實在擔心他會不會在哪裡走歪了路。」

「我也是。簡而言之，那個人有可能是咱們自己的兒子吶。」瀨川說，眾人又彼此點頭。

「不如咱們輪流送吃的去他家吧。聽說他太太都病倒了。」

「就這麼辦吧。不吃東西，身體也撐不住。」

眾人立刻討論，決定順序。為了避免打擾廣岡家的生活，說好兩天送一次餐，同時也決定送餐的時候不提案子的事，只能閒話家常，並且避免久坐。

聊著聊著，他們自己也受到了撫慰。這是個小鎮，即使是一個人的哀傷，也會傳染給每個人。

眾人說好第一次由康彥去。因為瀨川太直接，谷口嘴巴笨拙，大夥公推第一次由康彥出面最保險。

康彥把這件事告訴恭子，於是她做了豆皮壽司和燉菜，放進多層便當盒讓他送去。不過，並不是特別起勁製作的樣子。

「以前廣岡太太成天都在家長會炫耀自己的兒子，或許有些人並不同情他們。」恭子如此向康彥吐露。

「那妳呢？」

「老實講，我不是很喜歡廣岡太太，但現在很同情她。」

「這樣喔。」

康彥從來沒有想像過那些媽媽圈是什麼情況，因此感到很意外。家長會的事他都交給妻子處理。

到廣岡家一看，廣岡還是沒去上班，待在家裡。

「啊，真不好意思。那我就不客氣了。」

廣岡接過餐點，停留在玄關。不像上次，沒有拒人千里之外的感覺。康彥心想或許他想談談，便問：「太太呢？」

「還在二樓躺著。」廣岡努努下巴，壓低聲音說。「她食不下嚥，昨天我帶她去醫院打了點滴。她好像打擊比我還大，我擔心不陪著她不行，因此一直向公司請假。」

「這樣啊。真教人擔心。」

這時樓梯傳來腳步聲，太太穿著居家運動服下樓來了。

「不好意思，連茶水也沒招待。」她在玄關跪坐下來，帶著嘆息說道。

因為沒化妝，看起來格外顯老，但她應該也沒心力打理外表。

「太太，妳不用起來，我馬上就要走了。」康彥說。

「北野說，廣岡家的名聲都被敗壞光了。」廣岡太太沒頭沒腦地說了奇怪的話。

北野是地區的名稱，應該是指廣岡的老家。

「妳不要說些有的沒的。」廣岡的臉僵了。

「可是，根本就還沒有上法庭，卻認定就是他不對，這樣秀平太可憐了吧？」

「好了，妳不要囉唆。」

廣岡制止，太太卻執意說個不停：

「向田先生，或許你要笑我，但我相信秀平。那孩子詐騙老人家，這怎麼可能呢？而且還說他是主嫌？詐騙的明明是公司社長，秀平是因為人太好，才會替人揹黑鍋。秀平就是害怕這樣下去會被冤枉，才會逃走的。」

「別說了，人家向田先生不想聽這些。」

「不，我——」

太太怨懟地仰望廣岡，站了起來，又上樓去了。

「不好意思，我老婆的精神狀況有點不穩定。」廣岡辯解說。

「不用在意。她那麼疼兒子，當然更難接受。」

「唉，秀平到底是躲哪去了？他有點膽小，我覺得應該是怕得不敢出來。」

「這樣啊。」

「積極向前，都只是表面上而已。他從以前就很懦弱，一直到了二年級，才敢下去學校的游泳池。」

「我兒子也不敢滑雪。」

「總之他不出來，什麼都沒法做。」

「就是啊。」

「如果有線索，我甚至想自己去找。」

「這樣啊。」

廣岡異於上次，變得十分饒舌。他眼睛眨個不停，一邊抖腳，一邊傾吐似地說個不停。說到一個段落後，他深深地嘆了一口氣，這才看向康彥：

「抱歉跟你埋怨這些。明明跟你無關。」

「這是什麼話？當然有關了。你是我們店裡的客人啊。」康彥輕笑了一下回答。

「這整個星期一直關在家裡，只有我跟老婆兩個人，說話的對象也只有老婆，這麼一來，說來說去也只是在兜圈子。我老婆不停地說秀平就是被壞朋友騙了、他是被誣賴的，搞得我愈聽是愈鬱悶……。所以今天可以跟你聊聊，真的很好。」

「不然你今晚要不要來大黑？大家一起喝一杯。」

「不，這實在不妥。兒子四處逃亡，做父親的怎麼能跑去喝酒？」

「唔，說的也是。我知道了。今天我來這一趟真是值得了。對了，後天瀨川會送吃的過來，再隔一天是谷口——阿修。如果你覺得困擾，直接說沒關係。」

「怎麼會困擾——」

「那就收下吧。跟他們聊聊也好。」

結果康彥站在玄關，跟廣岡聊了三十分鐘之久。康彥自己也覺得心情舒暢不少，再次體認到對話的力量。

從廣岡家回去時，康彥再次被刑警攔下車子，詢問他去做什麼？康彥說送吃的過去，但刑警連對話的內容都想知道，康彥覺得也沒什麼好瞞的，便將他與廣岡夫妻的對話逐一告訴了刑警。

「這樣啊。畢竟是父母，一定很難受。」刑警平靜地說。

「你們會監視到什麼時候？」

「基本上是等到嫌犯落網，不過，也要看專案小組的指示。」

「啊，這樣啊。那請你轉告東京的上司，說如果秀平出現，我們會全町出動，說服他投案，所以你們回去也沒關係。」

「好的，我會轉達。」刑警露出白牙苦笑。

從上次的對話，康彥總覺得雙方的隔閡似乎消失了，便詢問刑警：

「如果秀平被逮捕，會是多重的罪？大概會被判幾年？」

「不清楚呢，這要問法官才知道。」

「應該有個大概吧？像是五年或十年。」

「差不多五年吧。」刑警乾脆地回答。「因為有人自殺，加上詐騙金額龐大，檢察官應該會求處最重刑，但犯罪本身是常見的不動產詐騙，也要看賠償的情況，所以應該會是五年左右，不得假釋吧。」

「啊，這樣啊。謝謝你。」

「可別說是刑警說的喔。」

「當然。」

說著說著，警車下來另一名刑警，輕輕頷首後走了過來。

「你好。苫澤町真是個好地方。」他仰望天空說。「我是東京老街出生的，從沒想過日本也有這樣的地方。空氣清新，河水也好清澈，滿山遍野百花盛開，教人想在這裡定居下來呢。」

「下次你可以在冬天來看看，到時候一定就不會說出這種話了。」

「哈哈，這樣啊。真是失禮了。」刑警搔了搔頭說。

三人聊了一會兒。只是普通的閒聊。每天都盯著嫌犯家，刑警也渴望對話吧。彼此還會開些無傷大雅的玩笑，一口氣拉近了距離。康彥又再次感到對話的力量。

星期六，和昌回來了。因為青年團要討論夏季祭典準備推出的活動，他趕回來參加。其實，客運車程只要兩小時，和昌三不五時就會回家一趟。談到秀平的事，和昌的表情變得僵硬，嘆氣說：「那個學長啊⋯⋯」

「你是不是知道什麼？」康彥問。

「才不知道哩。倒是秀平學長的媽媽怎麼了？他們母子感情很好。我到現在都還記得，每次足球隊比賽，他媽一定會來加油，喊到喉嚨都啞了。秀平是她引以為傲的寶貝兒子，她打擊一定很大——」

「他媽媽病倒了。應該已經十天了吧。」

「真的嗎？」

「所以我們大黑的熟客輪流送吃的去他家。」

「警察還在監視嗎？」

「你怎麼知道？」

「青年團的人告訴我的。」

「好像會輪流監視到他落網。警察都跟町民認識了。像你奶奶，還送餡衣餅*13過去給警察；然後警察做為答謝，讓她開槍玩玩呢。」

---

*注13：一種用紅豆餡包裹麻糬的點心。因為餡包在外層，故叫做「餡衣餅」。

「爸，你什麼時候會說這種無聊笑話了？」和昌露出憐憫的眼神。

「每天的日子都這麼一成不變嘛。用不了多久，你也會變成這樣的。」

康彥瞇起眼睛說，和昌聞言露出厭惡的表情。

說是青年團聚會，但出席的似乎只有年紀相仿的幾個人。他們不是在町聚會所開會，而是在咖啡廳一隅悄聲交頭接耳。老闆娘笑著告訴康彥：「和昌他們點一杯咖啡，坐著聊了兩個多小時，簡直像歐巴桑」，所以康彥才會知道。

一定是在討論要去哪裡玩。康彥也沒放在心上，只覺得：年輕人就是悠哉，真好。

4

隔天星期日，苫澤署署長來理髮了。康彥向他打聽秀平的案子，署長半帶玩笑地埋怨說，警視廳的刑警跑來苫澤，害得當地警察綁手綁腳。

「因為啊，東京的刑警一天二十四小時守在這裡，咱們總不好跑去喝酒吧？連麻將都好久沒打囉。」

「說的也是呢。」

「嫌犯也是，到底躲到哪去了？犯罪者總是往南跑的，就算對那裡不熟悉，但我猜應該是跑去沖繩了吧？我覺得就算盯著他的老家也沒用。……喔，這話可不能說出去喔。」署長事不關己地笑著。

因為是發生在東京的案子，所以毫無緊張感吧。

「嫌犯的父母怎麼樣了？他們一直關在家裡。」

「是啊。好像也沒去上班。」

「小鎮發生這種事，嫌犯家屬會怎麼樣呢？果然會待不下去，搬去別處嗎？」署長大剌剌地問。

署長是札幌人，家人留在札幌一個人到苫澤上任。

「不，應該不會吧。都年過五十了，事到如今也沒法改變生活，我想應該會就這樣繼續住在苫澤。」

「可是就算兒子被逮捕，服刑出獄，也會一輩子被人指指點點：『那一家的兒子曾經因為詐騙，遭到全國通緝呢』。如果親戚有女兒，也會連帶影響到婚事吧。」

那種毫不客氣的說法令康彥有些惱怒。

「出了這種事，待在鄉下不好過吧。這要是在大都市，還可以埋名隱姓活下去，也知道禮貌上不該追究旁人的事，但是在這裡就沒法這樣了吧。」

「可是因為彼此都認識，更可以互相扶助啊。」

「嗯，說的也是。小鎮的好處就是敦親睦鄰。」也許是自覺說得有些過分了，署長急忙辯解說。「町民都會送餐去嫌犯老家嘛。這要是都市，每個人都會裝作沒看見。」

這時，一名苫澤署的制服警官進來，附耳對理髮中的署長悄聲說了什麼。康彥也聽到了幾句：「詐騙案的嫌犯在北海道……」

署長臉色大變，圍著理髮圍巾站起來說：「等我一下。」然後躲到店面角落，和警官竊竊私語起來。

如果剛才聽到的是真的，表示秀平人在北海道嗎？康彥雖然是平民百姓，但也從新聞得知現代的科學辦案技術極為先進。光靠智慧型手機發出的微弱訊號，就可以鎖定位置。或者有可能是機場或車站的監視器拍到了秀平。

署長要部下回去，坐回椅子上說：「不用修臉了，今天只理頭髮。

愈快愈好。」接著就不說話了。

這不尋常的氛圍令康彥緊張起來。如果秀平在北海道，表示他回來苫澤了嗎——？

署長回去以後，開始有警車在路上來來去去。而且好像是來自北海道警察總部的支援。也許是因為好奇，瀨川跑來店裡問：「阿康，出了什麼事？」

康彥把剛才署長的事告訴瀨川，瀨川眨著眼睛說：「秀平回北海道來了？」然後似乎想到了什麼，表情忽然緊繃起來，低聲說：「希望我兒子沒牽扯在裡頭……」

「陽一郎怎麼了嗎？」

「昨天他叫我把他奶奶過世後的空房子鑰匙借給他，我問他要幹嘛，他說札幌來的朋友要借住。我說住我們家就好了，結果他支吾其詞，不肯明確回答，把鑰匙拿走了。一開始以為他是要帶女人去，可是和昌也在旁邊——」

「和昌也在？」康彥忍不住反問。

「有四個年紀相近的青年團團員。」

「我家的和昌說是為了討論青年團夏季祭典的活動才回來的。」

「不，這我沒聽說。如果是要討論，應該去聚會所吧？而且團長昨晚在大黑喝酒啊。」

「意思是和昌撒了謊？」

「我有不好的預感。搞不好我家陽一郎把秀平藏起來了。」瀨川坐立不安地說。

「那我家和昌也脫不了關係。」

康彥朝屋內呼叫恭子，問她和昌在哪，恭子說「昨晚出門就沒回來了」。

「又去打麻將了吧？每次回來就只知道打麻將。」不知道狀況的恭子很悠哉。

康彥一陣心慌，打和昌的手機，但好像關機了，沒有接聽。

「那傢伙跑去哪裡了？」

康彥焦急起來，尋思該怎麼辦，決定打電話給廣岡。他想確定家屬知不知道秀平可能躲在北海道。

康彥打過去，廣岡接了電話，說了奇怪的話：

「剛好，我正想打給你。我老婆剛剛不見了，阿康你知道她去哪了嗎？」

「什麼？怎麼回事？」

「大概一小時前吧，你家的和昌從廚房後門進來我家，問：『阿姨在嗎？』我說她在二樓睡覺，和昌說要找她一下，直接上樓去了，兩人在房間裡講了一陣子話……。那時候我在庭院拔草，大概三十分鐘後，我進屋裡一看，覺得安靜得詭異，便上二樓查看，發現空無一人。我老婆沒帶手機，我以為她只是去附近一下，卻一直不見人回來，正覺得奇怪。」

聽到廣岡的話，康彥的疑念更深了。會不會就像瀨川說的，和昌他們藏匿了秀平？

「喂，廣岡，外頭的刑警還在嗎？」康彥問。

「在。今天甚至有警車跑來。」

「我跟你說，秀平搞不好回來北海道了。剛才苫澤署的署長來理髮，部下來找他，說了類似的話，然後署長驚慌失措地回去了。」

「真的嗎？」廣岡驚呼。

「我不曉得是不是真的。可是警車一下子變多，警察好像也鬧哄哄的……」

「那，和昌帶走我老婆，是為了讓她跟秀平碰面嗎？」

「這我不曉得，但也許是我兒子做了多餘的事。」

康彥實在是坐不下去了。如果青年團的成員藏匿秀平，這可是犯罪行為。

廣岡說要去找，康彥說服他留在家裡，和瀨川兩個人去空屋。他把店門關了，現在不是做生意的時候。

坐上瀨川的車，來到瀨川半年前過世的母親以前住的家，發現遮雨窗板關著，沒有任何異狀。院子裡也沒有車。不過，正在下田的老人在圍欄外做出查看裡頭的動作，康彥問他怎麼了，老人回說剛才有人在裡面，他好奇是誰，正在查看。

「會不會是我兒子？」康彥問。

「距離太遠，我看不出來。不過有四、五個年輕人。然後有個中年女人坐車過來，在屋子裡面待了三十分鐘，然後有幾台車子離開了。」

「女人是廣岡的太太嗎？」瀨川問。

「不清楚欸。最近我耳朵重聽還眼花得緊，實在看不出誰是誰。」

「好，謝謝。」

已經沒有懷疑的餘地了。幾名青年團的年輕人從昨晚藏匿秀平，今天讓他跟母親見面。然後他們打算怎麼辦——？

「怎麼辦，阿康？」

「怎麼辦……我那傻兒子居然做出這種沒大腦的事來……」

兩人不知該如何是好，這時康彥的手機響了。看看畫面，是恭子打來的。

「怎麼了嗎？」

「孩子的爸，剛才警察打電話來，說和昌和秀平在苫澤署。我不知道是怎麼回事，不過，警察說要問他一些事，暫時不能讓他回家。」

「什麼？怎麼回事？他是一起被捕了嗎？」康彥的心臟怦怦亂跳。

「什麼？那是被逮捕嗎？」恭子的聲音走了調。

「是我在問妳啊！」

康彥逼問，但恭子整個人都慌了，完全不得要領。

瀨川的手機也接到電話，好像是他太太打來的。瀨川的兒子也在警署，把他嚇壞了。

「瀨川，我們現在就去警署。完全不知道到底是什麼狀況。」

「對，看我狠狠賞陽一郎那混帳一巴掌！」

兩人對望，深深地嘆了一口氣。

兩人心情慘澹地前往苫澤署，看見和昌等四名青年團的團員坐在櫃台大廳。署長也在，正在說些什麼。氣氛並不緊張，要形容的話，反倒是十分平靜。

「喂，陽一郎，你幹了什麼好事！」

瀨川橫眉豎目地說，陽一郎還沒有開口，署長搶先伸手制止說「別慌、別慌」，要他們坐下。

「嫌犯回到北海道，是你們的兒子勸他投案的。這是大功一件，但也不全是功勞。藏匿嫌犯一晚，視情況可能觸犯了協助逃亡、藏匿嫌犯的罪嫌。唔，我們警方當然是不會追究啦。」

「和昌，是這麼一回事嗎？」

聽到康彥的問題，和昌交抱手臂，板著臉點點頭。

「到底是怎麼了？好好說明給我聽。」

和昌環顧青年團的朋友，開口說道：

「昨天秀平學長連絡我，說他在札幌，能不能跟他見個面？所以我叫他到我住的地方，然後談到案子……。他說，就算他被逮捕是沒辦法的事，但他有他的理由，希望自己的母親能知道。最重要的是，他想在被上銬之前，好好向母親道個歉……。所以我說我可以幫忙，但是請他結束之後一定要向警方投案，他說他保證，我就把他帶回苫澤了。昨天晚上他住在陽一郎過世的祖母家，早上我去接廣岡阿姨，讓他們母子見面。」

「然後呢？」

「阿姨哭了，秀平學長也哭著道歉，我們實在看不下去，在外面等。」

「這麼重要的事，怎麼不跟我們做父母的商量一聲？我們還以為連你們都被逮捕了。」

康彥沉著聲音斥責道，和昌用指頭抹了抹人中說：「對不起啦，可是秀平學長投案了，一切都解決了啊。」

「嫌犯現在在刑事課。他的父母也一起。看在青年團的面子上，就不把他關進拘留所。接下來會移送到札幌，今天應該就會到東京了。」

嫌犯落網，署長心情似乎很不錯。這是鄉下警察難得遇上的逮捕戲碼。

「爸，還有瀨川叔叔，秀平學長說等他服刑結束，他想要回來苫澤，希望到時候大家能溫暖地迎接他。」

和昌接著說道，青年團的成員也都點著頭。

「我們跟秀平學長說，往後的人生還很漫長，乾脆回來苫澤重新開始怎麼樣？待在札幌或東京這種大都市，周圍的人不會多加干涉，或許是比較輕鬆，但是如果跟誰變成好朋友，或是喜歡上女生，無論如何都必須坦承自己的過去，要是心裡頭藏著什麼祕密，人就會自然避免跟人交際往來，而變得孤立，也會感到很痛苦……。既然如此，乾脆回到每個人都認識他的苫澤，豈不是比較輕鬆？因為町民都知道他的過去，還是會跟他打交道。服完刑的話，也等於是贖了罪，我們願意接納他，爸，你們也會吧？」

「啊，是啊，這是當然。」康彥點點頭。

「聽說若在以前的話，一有什麼就會把人排擠出去，但往後的小鎮不會這樣了。我們要打造一個大家都能和樂融融地生活、沒有偏見的小鎮。」

「你從什麼時候開始會說這種話啦？」

「因為這個小鎮一成不變嘛。所以想要給它一點變化。」和昌張大鼻翼說。

康彥面露苦笑，但內心感動極了。沒想到居然會有被兒子感動的一天——

瀨川似乎也大為動容，一語不發地注視著兒子陽一郎。

往後苫澤應該會變成一個美好的小鎮。

康彥萌生這樣的預感，全身的緊張一下子放鬆了。

（全書完）

向田理髮店

作　　者　奥田英朗
Hideo Okuda
譯　　者　王華懋
發 行 人　林隆奮 Frank Lin
社　　長　蘇國林 Green Su

出版團隊
總 編 輯　葉怡慧 Carol Yeh
日文主編　許世璇 Kylie Hsu
企劃編輯　鄭世佳 Josephine Cheng
封面設計　江孟達工作室
內文排版　譚思敏 Emma Tan

行銷統籌
業務處長　吳宗庭 Tim Wu
業務主任　蘇倍生 Benson Su
業務專員　鍾依娟 Irina Chung
業務秘書　陳曉琪 Angel Chen
　　　　　莊皓雯 Gia Chuang
行銷主任　朱韻淑 Vina Ju

發行公司　精誠資訊股份有限公司　悅知文化
105台北市松山區復興北路99號12樓
訂購專線　(02) 2719-8811
訂購傳真　(02) 2719-7980
專屬網址　http : //www.delightpress.com.tw
悅知客服　cs@delightpress.com.tw
ISBN : 978-986-510-247-0
建議售價　新台幣360元
首版一刷　2018年01月
二版二刷　2022年10月

著作權聲明

本書之封面、內文、編排等著作權或其他智慧財產權均歸精誠資訊股份有限公司所有或授權精誠資訊股份有限公司為合法之權利使用人，未經書面授權同意，不得以任何形式轉載、複製、引用於任何平面或電子網路。

商標聲明

書中所引用之商標及產品名稱分屬於其原合法註冊公司所有，使用者未取得書面許可，不得以任何形式予以變更、重製、出版、轉載、散佈或傳播，違者依法追究責任。

國家圖書館出版品預行編目資料

向田理髮店(電影原著小說版)/奥田英朗著；王華懋譯.--修訂二版.--臺北市：精誠資訊股份有限公司, 2022.10
面；　公分
ISBN978-986-510-247-0（平裝）
861.57　　106023176

建議分類｜翻譯小說．文學小說

版權所有　翻印必究

《MUKOUDA RIHATSUTEN》
© Hideo Okuda, 2016
All rights reserved.
Original Japanese edition published by Kobunsha Co., Ltd.
Traditional Chinese translation rights arranged with Kobunsha Co., Ltd. through Future View Technology, Inc., Taipei.

本書若有缺頁、破損或裝訂錯誤，
請寄回更換
Printed in Taiwan

dp 悅知文化 Delight Press

線上讀者問卷 TAKE OUR ONLINE READER SURVEY

要是心裡頭藏著什麼祕密，人就會自然避免跟人交際往來，而變得孤立，也會感到很痛苦...

——《向田理髮店》

請拿出手機掃描以下QRcode或輸入以下網址，即可連結讀者問卷。
關於這本書的任何閱讀心得或建議，歡迎與我們分享 :)

https://bit.ly/3Gc2io6